中國古典詩詞精品賞讀

蘇軾

董森　楊哲　編著

五洲傳播出版社

图书在版编目（CIP）数据

中国古典诗词精品赏读丛书：繁体版. 苏轼 / 董森，杨哲著. --
北京：五洲传播出版社, 2024.1

ISBN 978-7-5085-4996-5

Ⅰ. ①中… Ⅱ. ①董… ②杨… Ⅲ. ①苏轼（1036-1101）－宋词－诗歌欣赏 Ⅳ. ①I207.2

中国版本图书馆CIP数据核字(2022)第241311号

中国古典诗词精品赏读丛书

苏轼

出 版 人：关 宏
编　　著：董 森 杨 哲
责任编辑：黄金敏
图片编审：迟乃义
装帧设计：宁成春
出版发行：五洲传播出版社
地　　址：北京市海淀区北三环中路 31 号生产力大楼 B 座 6 层
邮　　编：100088
发行电话：010-82005927　010-82007837
网　　址：http://www.cicc.org.cn　http://www.thatsbooks.com
印　　刷：北京市房山腾龙印刷厂
版　　次：2024 年 1 月第 1 版第 1 次印刷
开　　本：710×1000 mm　1/16
印　　张：8.25
字　　数：55 千字
定　　价：68.00 元

編者的話

中國在歷史上是一個“詩歌的國度”，古典詩詞是中國傳統文化的奇葩。早在三千年前，我們的祖先就創作出了以“詩三百”爲代表的優秀詩篇。此後每個歷史年代，詩歌創作都結出豐碩的成果，其中不少名篇名句，膾炙人口，傳誦至今。這套“中國古典詩詞精品賞讀”書系，選取了歷史上最具代表性的詩人、詞人的優秀作品，並加以詳盡通俗的譯注、評解，試圖由此將古代中國人創造的最可珍貴的文化瑰寶介紹給當代海內外讀者。

以“國風”爲代表的《詩經》和以《離騷》爲代表的楚辭，無論是在思想內容上還是在藝術手法上，都對中國后世詩壇產生了深遠影響。中國詩歌至唐代而達到高峰，呈現出后人所稱譽的“盛唐氣象”和“少年精神”，而從李白、杜甫等詩人身上，從他們留下的詩歌中，不難看出“風”“騷”以來優秀傳統的回響。他們都有强烈的現實關懷，關注國家、社會、民衆等問題；而這種主題，往往是詩人通過自己的人生境遇和心靈歷程去感悟，通過描繪自然界山川萬物、人間世事民情來體現的。在唐詩的輝煌之后發展起來的宋代詩歌，成就也相當高，但最能表現此年代文學特殊成就的是詞。宋代優秀的詞家把這種長短句詩體運用到出神入化的地步，那或慷慨激昂、或委婉凄清的詞作，今天讀來仍有强烈的藝術感染力。可以説，唐詩宋詞是中國文學史上最有神采的篇章。本書系介紹的詩人、詞人，如東晉的陶淵明，唐代的李白、杜甫、王維、白居易、劉禹錫、杜牧、李商隱；五代南唐的李煜；宋代的蘇軾、柳永、秦觀、李清照、辛弃疾、陸游；元代的薩都刺，等等，都是中國詩歌史上耀眼的星座。

中國古代詩歌注重抒情、寫景，善于表現友情、親情、愛情、鄉情，以及其他復雜細微的個人情感。這形成中國詩歌又一個强大的傳統。在儒家思想影響下，中國詩歌幾乎從一開始就具有“發乎情，止乎禮義”的特點，情感的表達比較克制、内斂、含蓄，有别于西方的詩歌風格。與此同時，中國詩人們又强調“含不盡之意見于言外”，善于通過各種藝術手法傳達言外之意，給讀者以無窮的回味、想象的空間。古代詩詞中的優秀之作往往寫得深情宛轉，富于形象性和音樂性，誦讀這些詩詞，可以受到多層次的藝術感染和美的熏陶。古典詩詞還善于表現自然之美及人與自然的融合。古人常説“詩中有畫，畫中有詩”，本書系中的每首作品，都配以當代畫家根據詩詞意境繪製的中國畫，通過欣賞這些詩、畫，可以更深刻地領悟到中國古代藝術作品中的詩情畫意，品味其藝術之美。

除了“詩情畫意”的特色外，本書系以各位詩人、詞人單獨成册，以更清楚地展示其不同的個性和藝術風格；各分册包括詩人小傳與作品賞析兩部分。對每篇作品的賞析，又分爲題解、句解、評解三個章節：題解交代創作背景；句解用現代語文對詩詞進行逐句意譯，對某些難懂的字詞作注釋；評解部分則提要鈎玄，對作品特色進行點評。我們的本意，首先是幫助讀者减少閱讀中的文字障礙，繼而是理解詩詞的思想内容、藝術特色和寫作技巧。

中國古代經典詩篇把漢語升華到至美至純的境界，足以使每個中國人感到自豪。這些作品是聯接所有炎黄子孫思想、情感的文化紐帶，無論身在國内，還是身在海外，優秀的詩歌對讀者的感召力都是相通的。一個喜愛祖國傳統文化的人，可能會不斷地接觸和學習祖先的這些遺産。久而久之，這些優秀文化中的一部分會積澱下來，構成每個人頭腦中一道美麗的藝術長廊，不斷給人以教益、激勵和藝術享受。我們期望，本書系所介紹的詩詞名篇能够成爲這道藝術長廊的組成部分。

本書系所介紹的詩人、詞人，都各有很多傳世名篇，限于篇幅，書中每人衹選取了二三十首代表作品。限于編輯水平，書中會有種種不盡如人意之處，敬請讀者朋友提出寶貴意見。

目录

蘇軾簡介

蘇軾，字子瞻，一字和仲，四十六歲以后自號東坡。眉州眉山（今屬四川）人。蘇軾生于宋仁宗景祐三年（1036）十二月十九日（按公曆當是1037年初），卒于徽宗建中靖國元年（1101）七月。

蘇軾出生在一個富有文學修養的家庭。祖父蘇序雖爲平民，但富有遠見卓識，非常注重子孫的教育。父親蘇洵二十七歲纔發憤讀書，悉心研讀諸子之學，最終成爲著名的古文家。母親程夫人出身書香門第，知書達理，仁惠賢淑。蘇洵早年外出游學求取功名，便由夫人教導蘇氏兄弟讀書。程夫人教子有方，常以古代志士的事迹勉勵兒子砥礪名節。

宋仁宗嘉祐元年（1056），二十一歲的蘇軾與弟弟蘇轍一起跟隨父親離開家鄉，前往京城開封參加進士考試。兄弟二人順利通過了同年八月的舉人考試。次年初，舉行的禮部考試試題是《刑賞忠厚之至論》，蘇軾這篇僅六百餘字的答卷，見解獨到，説理透闢，筆力穩健，文風質樸自然。正在倡導詩文革新運動的主考官歐陽修看過此文后大爲驚喜，想要把它列爲第一，又擔心是自己的學生曾鞏所作，爲“避嫌”起見，降爲第二。三月，禮部考試合格者參加殿試，仁宗親臨崇政殿主持策問，蘇軾兄弟同科進士及第。這一年，蘇軾二十二歲，蘇轍十九歲。纔華出衆、氣宇軒昂的兩兄弟給皇帝留下了深刻的印象。據説殿試結束后，仁宗皇帝回到后宫，十分高興地對皇后説：“我今天爲子孫得了兩個太平宰相。”

蘇軾的纔華受到歐陽修的高度讚賞。他曾對人説：“讀軾書，不覺汗出。快哉！快哉！老夫當避此人，放出一頭地也。可喜！可喜！”並預言蘇軾將來必定會超過自己，成爲文壇的執牛耳者：“更三十年，無人道着我也！”蘇氏父子一時名噪京城，文名遠播。

蘇軾的宦途正要開始，就在此時，家鄉傳來噩耗，程氏夫人因操勞過度，于四月病故。蘇軾父子聞訊悲痛欲絕，日夜兼程趕回眉山。從嘉祐二年（1057）六月起，蘇軾便在家爲母親守喪。直到嘉祐四年（1059）十月，服喪期滿后，蘇軾父子纔帶領全家應詔前往京城。

嘉祐五年（1060）三月，蘇軾被禮部任命爲河南府福昌縣主簿，蘇轍也被任命爲河南府澠池縣主簿，都是辦理文書事務的九品官。因第二年要舉行制科考試，兄弟二人都没有赴任。嘉祐六年（1061）八月，蘇軾考取“賢良方正能言直諫科”第三等，由于一、二等爲虚設，所以第三等實際上是最高等級。考試完畢后，蘇軾被授大理評事，簽判鳳翔府（今陜西鳳翔），從此踏入仕途，時年二十六歲。

鳳翔三年，蘇軾爲政勤勉，深入府屬各縣訪察，爲百姓做了不少好事。初次爲官的蘇軾，既增長了地方治理的經驗，同時也開始體會到宦游生活的沉重乏味、理想與現實的反差。嘉祐八年（1063）仁宗去世，英宗繼位。因久聞蘇軾文纔，英宗即位不久即召蘇軾回京，任職史館，授直史官。這個職位雖無重權，却是一個清要之職。正在蘇軾仕途順利之時，家庭不幸又接踵而至。英宗治平二年（1065）五月，恩愛的妻子王弗因病去世，年僅二十七歲。緊接着，第二年四月，父親蘇洵也病逝于京城。蘇軾、蘇轍兄弟護送靈柩回到眉山老家。這也是蘇軾最后一次回到故鄉。

蘇軾在家守喪期間，朝廷的政局也在發生變化。治平四年（1067），英宗逝世，二十歲的神宗即位。年輕的皇帝鋭意改革，希望徹底改變國家積貧積弱的現狀。熙寧二年（1069），神宗啓用王安石爲參知政事，次年拜相，主持變法。由于變法的程度過于激進，引起了保守勢力和主張穩健改革者的反對，影響蘇軾命運的長達數十年的黨争，由此發端。

蘇軾一貫主張穩健、漸變的政治方針。熙寧二年還朝后，在政見上與王安石多有不合，以王安石爲首的新黨因此大爲不滿。神宗賞識蘇軾的纔能，很重視他的奏對見解，這對新黨來説不啻爲一個不小的威脅。由于蘇軾再三批評新法，神宗皇帝也漸漸心生不滿，這使得朝中小人有了可乘之機。很快，有人上疏誣告蘇軾兄弟在居喪期間利用官船販賣私鹽、木材等，雖然最后查無實據，不了了之，但蘇軾已經感受到了人心的險惡和情勢的危急，爲求自保，隨即請求外任，以離開京城這個政治鬥争的漩渦。

熙寧四年（1071），蘇軾被任命爲杭州通判（知州的助理官）。七月，蘇軾攜繼室夫人王閏之和兩個兒子離京上路。途經陳州，與蘇轍一家相聚，並與蘇轍同行到穎州（今安徽阜陽）拜望致仕的老師歐陽修。這是兩位文壇巨匠的最后一次相見，第二年歐陽修便溘然長逝。蘇軾萬分悲痛，但因公務纏身，無法前往弔唁，于是寫下《祭歐陽文忠公文》，寄托自己深切的哀悼之情。終其一生，蘇軾對歐陽修都念念不忘，直到老年，他還常常向門人提起恩師的言談教誨。

杭州美麗的湖光山色冲淡了蘇軾内心的煩惱和抑鬱，也唤醒了他内心深處對大自然的熱愛。在杭州期間，除了本着仁民愛物的胸懷盡心竭力地爲百姓奔波操勞外，他時常陶醉于自然山水中。由于生性豁達，開朗詼諧，不管是文人雅集還是群衆游樂，總能看到他的身影。他還喜歡窮幽覽勝，參訪名山古刹，結交了不少得道高僧。杭州的三年，蘇軾寫下了許多描繪西湖勝景的美麗詩篇，同時也記下了百姓的疾苦和他們的哀樂。據今人研究，蘇軾也正是從這一時期開始填詞，但詞風基本上是沿襲傳統的路徑。

杭州任滿后，熙寧七年（1074），蘇軾被改調密州（今山東諸城）任知州。密州地處偏僻，文化閉塞，景物寥落，和杭州不可同日而語。清苦和寂寞的生活雖然讓人鬱鬱寡歡，但比起京城的黨争來却要好得多，他在詩中説："爲郡鮮歡君莫嘆，猶勝塵土走章臺。"（《次韻劉貢父李公擇見寄二首》之一）蘇軾到任后不久，密州就發生了嚴重的蝗災，他指揮百姓滅蝗，上書要求朝廷減免秋税，並虔誠地齋戒吃素，爲民祈福。

密州是蘇軾思想發展史的重要時期。在孤寂和苦悶的處境中，他開始尋求曠達超然的自我解脱方式。與此相應，詞的創作也突破了旖旎婉約的傳統，無論題材内容還是意境風格都表現出"以詩爲詞"的特徵；内容上不拘成法，"無意不可入"；境界則闊大明朗，飄逸豪放，爲中國詞史掀開了新的一頁。

熙寧九年（1076）底，蘇軾又改知河中府（今山西永濟西）。不久，朝廷又改派他爲徐州（今江蘇徐州）知州。蘇軾到任徐州不足三個月，就遇到了黄河决口。他積極組織民衆救災，並加固堤防，疏浚河道。他的另一德政是找到優質煤炭，爲百姓解决了生活難題。徐州本是人文薈萃之地，蘇軾此時又是文壇上的風雲人物，因此徐州本地和外地的文人士子都争相與蘇軾交往。黄庭堅、秦觀、晁補之、陳師道等先后求列于蘇軾門下。儘管不容于朝廷，但賓客盈門，士林愛戴，蘇軾在徐州的生活還是比較順遂的。

元豐二年（1079），蘇軾移任湖州。此時王安石已離任退居江寧。朝中小人當道，朝廷中的鬭争已不再以變法和反變法爲重心，而多淪爲官場上的互相迫害傾軋。朝廷的新貴們從蘇軾的政績中挑不出什么毛病，便在他寫的文字中尋找把柄。這年七月，朝廷忽然派人前來將蘇軾逮捕，因爲有人從蘇軾的詩歌和奏章中尋章摘句，羅織莫須有的“包藏禍心”“指斥乘輿”“謗訕先帝”等罪名，要求皇帝將蘇軾處以“大誅”之罪。蘇軾被押至御史臺，經過兩個月的嚴刑逼供，精神和肉體上都受到了難以言喻的凌辱和折磨，最終“罪名”成立，衹等皇帝判决。御史臺又稱烏臺，這就是歷史上有名的“烏臺詩案”。

蘇軾下獄，愛戴他的地方百姓聞之傷心，朝野的正直士大夫，包括持不同政見的王安石，也都紛紛爲之不平；一些人上書勸諫皇帝，連病中的曹太后（仁宗皇后）也出面干預。經過多方營救，至此年年底，蘇軾終于得以免除死罪，被貶爲黄州（今湖北黄岡）團練副使，實際是作爲罪人被監管在黄州。

“烏臺詩案”對蘇軾的打擊非常沉重，他的生活、思想和創作由此發生了重大的改變。在黄州，好友馬夢得爲蘇軾申請了城東荒地供其生活。蘇軾對他親手墾殖的土地産生了深厚的感情，並以此地自號“東坡”。此時的蘇軾雖然没有放弃儒家經世濟民思想，但由政治上的逆境而産生了對整個人生的困惑和懷疑。在他的思想中，佛老的清净無爲、超然世外逐漸占了上風，這也使得他能够以更加超脱的態度看待人生的種種遭遇。雖然這場文字獄使他下筆小心了不少，但黄州依然是蘇軾創作上一個輝煌的豐産時期。他寄情山水，在對大自然的感悟中淡化和超越人生的苦難，體現在詩、詞、文賦的創作中，透露出一種尋求解脱的精神追求。

元豐八年（1085），神宗病故，即位的哲宗衹有十歲，由宣仁高太后（英宗皇后）聽政。高太后傾向舊黨，起用舊黨人物司馬光、吕公著等人，全面廢除王安石新法，史稱“元祐更化”。高太后十分器重蘇軾，先后起用他爲禮部郎中、起居舍人、中書舍人、翰林學士知制誥。元祐二年（1087），蘇軾再次被提昇爲翰林學士兼侍讀。一年多的時間，蘇軾的官運可謂順暢至極。但蘇軾堅持自己的政見，既反對新黨的過激變法，同時又反對舊黨對待新法全盤否定的做法，主張“參用所長”。其后果是很快遭到新、舊兩黨的不滿和忌恨。這種無休止的政治鬭争讓蘇軾感到十分厭倦，他多次上書請求外任。

元祐四年（1089）三月，蘇軾又一次出任杭州知州。十五年后再次至杭，“江山故國，所至如歸，父老遺民，與臣相問”（《杭州謝表》）。他勤政愛民，開浚西湖，賑濟災民，興建醫坊，爲百姓做了許多好事。此后的元祐六、七年間，他數次被召回京，但都深感朝廷不可久留，因此又多次自請外放。蘇軾在朝期間，主持過學士院考試和進士貢舉。他像恩師歐陽修一樣，積極拔擢后進，黄庭堅、秦觀、張耒、晁補之、陳師道等纔士雲集京都，一時文壇興盛，蘇軾成爲文壇當之無愧的盟主。這爲北宋后期文學的發展開創出一個新的局面。

元祐八年（1093），高太后去世，十九歲的哲宗親政。哲宗重新起用新黨，大力打擊“元祐黨人”。紹聖元年（1094），哲宗在蘇軾政敵的鼓動下，又以“譏斥先朝”“謗訕先帝”等罪名，將年近六旬的蘇軾貶謫到千里之外的嶺南英州（今廣東英德），尚未到任，又被貶爲寧遠軍節度副使，到惠州（治所在今廣東惠陽）安置。儘管屢受打擊，但蘇軾仍舊保持着樂觀的精神，寫下了“日啖荔枝三百顆，不辭長作嶺南人”這樣曠達的句子。

紹聖四年（1097），朝廷仍不放松對他的打擊，又將他流放到天涯海角的儋州（今海南儋縣）。那里瘴癘肆虐，幾近蠻荒。此時的蘇軾早已看淡了世間的榮辱，但始終没有放弃儒家的濟世精神。他積極改善當地的狀況，獎勵農業生產，傳播文化知識，破除陋習，培養人纔。

惠州、儋州時期，條件最爲艱苦，但蘇軾的文學創作却獲得了再次豐收。這時期的思想和創作是黄州時期的繼續和發展。佛老思想再次成爲他思想的主導，他的詩詞中常常流露出隨遇而安、放達自適的人生態度。但是與黄州時的寄情山水不同，此時蘇軾的思想已經完全成熟，隨緣自適不再是苦苦追求的理想，而完全成了自身生命的一部分。他把這樣一種精神的關照投諸平常生活，投諸一草一木，從瑣事中也能發現無窮的生機和樂趣。也正因爲如此，恬淡自適的陶淵明最受晚年東坡的喜愛，他寫了大量的和陶詩與書札散文。這些作品恬淡、超拔、精深、華妙，成爲他一生創作的最后輝煌。

元符三年（1100），哲宗去世，徽宗即位。六十五歲的蘇軾獲赦北還，結束了七年的嶺南生涯。艱苦卓絶的環境並没有磨滅蘇軾的精神意志，豁達的性格也絲毫没有改變。他在《六月二十日夜渡海》中仍舊豪邁地說：“九死南荒吾不悔，兹游奇絶冠平生。”

建中靖國元年（1101）五月，蘇軾爲自己的畫像題了一首詩：“心如已灰之木，身似不繫之舟。問汝平生功業，黄州惠州儋州。”這是蘇軾對自己一生的總結，是憤懣，是曠達，是自嘲，還是感慨？個中滋味實在是一言難盡。這年七月二十八日，回京途中的蘇軾在常州與世長辭，終年六十六歲。

蘇軾從年輕時便懷抱經國之志，但終其一生都未能施展抱負。他的一生因爲政治而屢遭坎坷和不幸，但這使得他更加深刻地理解了社會和人生，也大大地豐富和深化了他的文學作品的内蘊，成就了他卓越的文學事業。

蘇軾的文學成就是多方面的。在散文創作方面，他是繼歐陽修之后宋代古文運動的領袖。他和歐陽修一起，樹立了平易暢達、簡潔明快的散文風格，成爲后世散文家學習的典范。他的議論文雄健奔放、辨析週密，且善于翻奇出新；記和書序則將散文抒情、叙事、議論的功能結合得水乳交融，具有相當高的文學價值；他的隨筆小品更是一絶，信筆寫成，娓娓道來，既生動活潑又樸素隽永，有一種令人不忍釋卷的魅力；他的辭賦也取得了相當高的成就，《赤壁賦》和《后赤壁賦》即是明證。

蘇軾的詩現存有兩千七百多首。詩歌的表現力非常驚人，幾乎没有不能够入詩的題材。蘇軾詩歌的總體風格是自然奔放、揮灑自如。他博學纔高，對詩歌藝術的掌握達到純熟的境界。詩中比喻生動新奇，用典穩妥渾成，對仗精工而不失活潑，做到了運用技巧而不露鍛煉之痕。

蘇軾在詞的創作上取得了非凡的成就，對詞體的革新意義尤其重大。他突破了詞爲“艷科”的傳統格局，不僅大大拓展了詞的題材内容，用詞來記游、贈答、懷古、説理，使之成爲“無意不可入，無事不可言”的文體形式；而且將柔情之詞變爲性情之詞，使詞像詩一樣可以表現作者的性情懷抱，甚至寄寓理性的思考，從而提高了詞的品格境界和地位；同時，他還突破了音樂對詞體的制約和束縛，使之變成一種獨立的抒情詩體，强化了詞的文學性，創造了新的美學規范，爲詞的創作拓寬了道路。

蘇軾是一個藝術全纔。他的書法“端莊雜秀麗，剛健含婀娜”，被公認爲北宋四大書家“蘇黄米蔡”之首。他的繪畫也富有創意，愛畫竹木怪石，與文同、米芾等開創了墨戲一派。

蘇軾在中國思想、文學、藝術、文化上的影響是極爲廣泛而又深遠的。他那寵辱不驚、進退自如的人生態度，成爲后代文人景仰的人生范式；他那非凡的文藝見解和不朽的藝術創作，爲后代提供了取之不竭用之不盡的精神寶藏；他還以幽默機智、和藹可親的形象活在普通民衆的心中，關于他的各種傳説故事都是人們喜聞樂道的話題……總之，蘇軾是説不盡的，他值得人們用一生去喜愛，去思索，去體味。

沁園春

孤館燈青，野店鷄號，旅枕夢殘。
漸月華收練，晨霜耿耿；雲山摛錦，朝露漙漙。
世路無窮，勞生有限，似此區區長鮮歡。
微吟罷，憑征鞍無語，往事千端。

當時共客長安，似二陸初來俱少年。
有筆頭千字，胸中萬卷；致君堯舜，此事何難。
用捨由時，行藏在我，袖手何妨閑處看。
身長健，但優游卒歲，且鬬尊前。

題解

這首詞一本有副題《赴密州早行馬上寄子由》。熙寧七年（1074），蘇軾杭州三年任滿，改任密州（今山東諸城）知州。九月，離杭赴任。當時其弟蘇轍在濟南任職，蘇軾原打算繞道前去看望，但没能如願。十月，他在去密州的途中寫下此詞以寄蘇轍。

沁園春　孤館燈青　詞意圖　顧炳鑫繪

【句解】

孤館燈青，野店鷄號，旅枕夢殘

這三句交代了作者在途中動身時的情景。黎明時分，萬籟俱寂，荒村小店突然傳來陣陣鷄鳴，將作者驚醒。北方的十月，天亮得較晚，他點上了一琖燈。此時，館舍孤清，燈光微弱，枕上殘夢依稀，看上去一切都是冷冷的。詞一開頭，就渲染出凄清的氛圍，烘托出作者孤寂的情緒。這和唐代詩人温庭筠筆下“鷄聲茅店月，人迹板橋霜”（《商山早行》）的意境十分相似，但這里的感傷情緒更重。

漸月華收練，晨霜耿耿；雲山摛錦，朝露漙漙

天上，殘月一點一點收起潔如絲帛的清輝，落了下去；地上，晨霜鋪地，映現着微弱的光芒。隨着早行人的脚步，天色漸漸亮了起來。遠處，雲霧繚繞的山巒像錦銹般鋪展開來；近處，樹葉上、草叢間到處凝結滚動着晶瑩清洌的露珠。

這四句寫早行途中所見。“月華”“晨霜”“雲山”“朝露”均由“漸”字統領，具有明顯的時間流動感，構成一幅完整的深秋曉行圖。“月華”，指月光。“練”，白色的絲帛。“耿耿”，微光。“摛”，鋪開，舒展。“漙漙”，露水很多的樣子。

世路無窮，勞生有限，似此區區長鮮歡

連日起早摸黑，奔波于赴密州的路上，但山高水長，總不見終點。作者觸景生情，由赴任的旅途聯想到人生的道路，不禁發出慨嘆：世間之路没有盡頭，而人生有限；像我這樣勞頓奔波，前程未卜，終究是苦多樂少啊！“區區”，作者自謙之詞，一解爲少。“鮮”，少。

微吟罷，憑征鞍無語，往事千端

面對自己目前的境況，作者無限悵惘。略微沉吟之后，他憑靠着馬鞍，一時無語，種種往事浮上心頭。這三句總結上闋，同時引出下闋。

當時共客長安，似二陸初來俱少年

想當年，你我一起客游京都，就像陸氏二兄弟初到洛陽一樣，正是風華少年。“長安”，代指宋都汴京（今河南開封）。“二陸”，指西晉陸機、陸雲兄弟。他們“少有异才，文章冠世”（《晉書·陸機傳》）。二陸初入洛陽，以文章深受當時士大夫推重，時陸機年二十，陸雲年十六。蘇軾兄弟初到汴京

時，蘇軾二十一歲，蘇轍十八歲，以文學纔華受知于歐陽修，情況與二陸很相似，故以此自比。

有筆頭千字，胸中萬卷；致君堯舜，此事何難

想當年，自己文采飛揚，學識廣博，是何等躊躇滿志！輔佐國君成就堯舜之治，實現經世濟國的理想，又有什么困難呢？

作者化用杜甫《奉贈韋左丞丈二十二韻》中的詩句“甫昔少年日，早充觀國賓，讀書破萬卷，下筆如有神……致君堯舜上，再使風俗淳”，自抒懷抱，字里行間充滿了樂觀自信和積極進取的精神。事實的確如此，當年蘇軾兄弟一入京師，先是獲取歐陽修的賞識，歐陽修驚嘆蘇軾“他日文章必獨步天下”。繼而又受到仁宗、神宗的讚許，“仁宗初讀軾、轍制策，退而喜曰：‘朕今日爲子孫得兩宰相矣。’神宗尤愛其文，宮中讀之，膳進忘食，稱爲天下奇纔。”（《宋史·卷三三八·列傳第九十七》）

用捨由時，行藏在我，袖手何妨閑處看

被任用或弃置取決于時運，積極入世或消極避世則由我決定，何妨落得個袖手旁觀，清閑自在。

作者年輕時雄心勃勃，似乎“天下事無不可爲”，然而現實中頻頻受挫，不被重用，纔華與抱負得不到施展。此時，他已步入中年，對複雜人生有了更清醒的認識，因而對得失榮辱抱豁達的態度。《論語·述而》說：“用之則行，捨之則藏。”作者化用其意，在世路艱難與人生無奈的嘆息中，仍表現出自信與曠達的襟懷。

此三句的特點是純以議論爲詞，適于抒情的詞體到了作者手中，就變得無事不可入，無意不可寫。金人元好問認爲本詞絶非蘇軾所作，認爲“鄙俚淺近”“極害義理”。事實上，這首詞的議論部分，遣詞命意無拘無束，信手拈來，恰顯示出作者橫放傑出的纔華。

身長健，但優游卒歲，且鬬尊前

結尾是作者與弟弟共勉：希望彼此身體健康，但求快快樂樂、悠閑自得地度過一生。

理想和現實的矛盾依然是無解的，作者似乎在説服自己，暫時從壯志難酬的苦悶中擺脱出來，獲得内心的平靜和安慰。但一方面立志“致君堯舜”，一方面又要袖手“閑處看”，入世與出世兩種相對立的處世哲學匯集于一身。因此，這最后幾句的説法，不過是矛盾心理的外在表現，在表面的樂觀之中隱

藏着的是無可奈何的苦悶。

“鬬”，這里作戲樂解。“尊”，酒杯。唐牛僧孺《席上贈劉夢得》：“休論世上昇沉事，且鬬尊前現在身。”爲此句所本。其意正如杜甫所說：“莫思身外無窮事，且盡生前有限杯。”（《絶句漫興九首》）

評解

離杭赴密，生活環境的變化、心境的變化，使得作者這一時期的詞風發生了重要的轉變，《沁園春》正標誌着這一轉變的開始。作者從旅途寫到人生，從往事的回憶寫到今日的感慨。文筆縱横恣肆，揮灑自如。

《沁園春》屬于比較難駕馭的詞調。上闋八個四言句，下闋四個四言句，中間還穿插着多個長短句，適合以賦體入詞，但又最忌板滯。兩宋許多名家，如柳永、李清照、周邦彦、姜夔等都不見填制。著名詞論家夏承燾先生對《沁園春》詞牌有過精闢的論述：“此調格局開張，掌握得好，却可造成排山倒海之勢，收到良好的藝術效果。”這首詞正如此。其突出特點是以議論入詞，大量用典、用事，將詩、文、經、史融入詞中，同時善于將寫景、抒情、議論三者合爲一體，充分體現了蘇軾的藝術纔能。

《沁園春》已露東坡本色，但在藝術上仍有某些不足之處。明顯的是，以抽象的説理議論代替具體的形象描述，不如以情動人之作有强烈的感人力量。不過，無論探討蘇軾詞風的轉變，還是研究蘇軾對于詞世界的探索，這首詞都是不可忽略的一篇。

江城子

乙卯正月二十日夜記夢

十年生死兩茫茫，不思量，自難忘。
千里孤墳，無處話淒涼。
縱使相逢應不識，塵滿面，鬢如霜。

夜來幽夢忽還鄉，小軒窗，正梳妝。
相顧無言，惟有淚千行。
料得年年腸斷處，明月夜，短松岡。

題解

蘇軾十九歲與同郡十六歲的王弗結婚。夫妻琴瑟調和，甘苦與共，感情篤厚。但王弗不幸于宋英宗治平二年（1065）在汴京（今開封）去世，年僅二十七歲，次年歸葬于故鄉四川祖塋。十年之后，在熙寧八年（1075）正月二十日這天夜里，蘇軾在夢中重又見到王弗。由此，他寫下這首非常著名的悼亡詞，表達了對亡妻深摯的思念之情。

小序中的“乙卯”，指熙寧八年，也就是蘇軾到密州的第二年。

江城子（十年生死兩茫茫） 詞意圖　汪國新 繪

【句解】

十年生死兩茫茫，不思量，自難忘

恩愛夫妻，一朝永訣，轉瞬已是十年光陰。生者和死者之間消息不通，音容渺茫。“生死”二字，用語沉痛，“茫茫”則寫出作者無限悵惘、失落的情懷。

柳永詞中有“一日不思量，也攢眉千度”的句子，那是青年人相戀的熱烈浪漫。蘇軾的“不思量，自難忘”則帶有更多的人生況味，看似平淡，却分外深遠厚重。父親蘇洵曾對他說：“婦從汝于艱難，不可忘也。”（《亡妻王氏墓誌銘》）一起承擔憂患、經歷風雨的夫妻，感情真摯而彌久，久而彌篤。即使生死异路，也不會被消磨掉；即使不去思念，妻子的身影、共度的時光，也會時時縈繞在心，讓人無法忘懷。

千里孤墳，無處話淒涼

妻子的墳塋遠在千里之外的眉山，縱然心中有萬般淒涼，也無法互相訴說。這淒涼，既是指作者自己，也是他想象中的亡妻的淒況。妻子在身邊的時候，可以撫慰自己飽經滄桑的心靈。妻子逝去之后，九泉之下若有靈，她也是孤孤單單，該是多么淒涼！但是，即使墳墓真的近在身邊，難道就能和妻子互訴衷腸了嗎？這抹煞了生死界綫的痴語，比理智的抒寫更令人動容。

縱使相逢應不識，塵滿面，鬢如霜

這是作者的假想：就算是生者和死者的世界可以溝通，十年過去，死者依然如故，但生者呢？妻子見到我，恐怕也認不出來了，因爲我已是風霜滿面，兩鬢斑白，不在是當年的模樣。

多年來，蘇軾被捲入圍繞王安石變法而起的革新派與守舊派的鬭争漩渦之中，不斷被外放、左遷，歷盡艱辛與滄桑。這三個長短句，將現實與夢幻交織在一起，在“相逢不相識”的假設中，隱含了多少辛酸和憂憤！其感情深沉而悲痛，表現了對愛侶的深切懷念，也寄寓了自己的身世之感。

夜來幽夢忽還鄉，小軒窗，正梳妝

這首詞本因夢而作，但是詞的上篇並未提及夢境，而是寫了對妻子的朝思暮想之情。到了下篇這里，纔開始“記夢”。雖然由現實轉入夢境，但詞中的深情却是貫通的。正是由于那種刻骨銘心、魂牽夢縈的思念，妻子纔會出現在作者的夢中。在夢里，作者忽然又回到了故鄉，那是兩人共度甜蜜歲月的地方。小窗下，妻子正對鏡理妝，情態容貌，依稀當年。一切都是那樣的親切熟悉。

相顧無言，惟有淚千行

在夢中，梳妝的妻子轉過身來看見了作者，夫妻對面相視，良久無語，衹有淚水無聲地流淌。這夢中的相逢不是充滿喜悦，而是滿含着苦澀和悲愴。“物是人非事事休，欲語淚先流”，這“無言”中，包括了千言萬語，那是“此時無聲勝有聲”的沉痛，別后種種從何説起？一個夢，把過去拉了回來，把現實的感受融入夢中，使相逢的夢反比相思的苦更加令人感到凄涼。

料得年年腸斷處，明月夜，短松岡

這幾句寫夢醒后的感慨。作者想象在千里之外的荒郊月夜，那長着小松林的岡壟上，妻子定會年復一年地爲思念丈夫而柔腸寸斷。寫對方爲懷念自己而傷悲，也正表現了自己對死者的無限悼念，以景結情，餘音裊裊。

“短松岡”，指王弗的墓地。《本事詩·徵异第五》中記載：唐代開元年間，幽州衙將張某之妻孔氏死后，一日忽從冢中出，題詩贈張曰：“欲知腸斷處，明月照松岡。”蘇軾化用其意而不着痕迹，且加重了感情的分量。“料得”一詞飽含生者對死者的挂牽，“年年”則倍增生者對死者的懷念。

評解

以悼亡爲題材作詞，在蘇軾是第一首，在詞的發展史上也是首創。在此之前，文人填詞，凡涉及女性和愛情的，大多境界狹窄。蘇軾以詞抒懷，寫悼亡之情，既拓展了愛情詞的内容，又提昇了婉約詞的品格。

這首詞運用虛實結合以及叙述白描等多種藝術手法，語言平易質樸。在對亡妻沉痛悲凉的哀思中又糅進自己的身世感慨，將夫妻之間的感情表達得深婉真摯，感人至深。蘇門六君子之一的陳師道曾用“有聲當徹天，有淚當徹泉”評讚此詞。元人王若虛《滹南詩話》曾引宋代晁無咎（即蘇門學士之一晁補之）的話説：“眉山公之詞短于情。”其實不然，蘇軾僅僅是不喜歡寫那些“綺羅香澤”的艷情而已。

江城子

密州出獵

老夫聊發少年狂，左牽黄，右擎蒼。
錦帽貂裘，千騎卷平岡。
爲報傾城隨太守，親射虎，看孫郎。

酒酣胸膽尚開張，鬢微霜，又何妨。
持節雲中，何日遣馮唐？
會挽雕弓如滿月，西北望，射天狼。

題解

宋神宗熙寧四年（1071），蘇軾因對王安石變法持不同政見而自請外任。先是做杭州通判，三年后又轉任密州（今山東諸城）太守。當時密州長年乾旱，蘇軾赴任的第二年十月，也就是熙寧八年（1075），他率人到常山祈雨，歸途中與同僚會獵于鐵溝。這首詞即獵后所作。

江城子（老夫聊發少年狂） 詞意圖　王同仁 繪

江城子，又名江神子。傳説最初爲祭祀江神之曲，比較適宜于表現委婉、低沉的情緒。蘇軾在密州所作的另一首《江城子》（十年生死兩茫茫）就非常凄婉，而這一首風格迥然不同。作者在詞中表現了千騎出獵、豪邁剛健的英雄之氣，抒發了爲國效力、抗擊侵略的雄心壯志。

【句解】

老夫聊發少年狂，左牽黄，右擎蒼

寫這首詞的時候，蘇軾衹有三十八歲，却自稱“老夫”，頗有幾分幽默、豪邁之情。“聊”，姑且的意思。“狂”，不僅見出氣概的豪邁，也奠定了全篇的基調。作者人到中年，依然迸發出少年人的昂揚激情。你看，他左手牽着黄犬，右臂架着蒼鷹，身手敏捷，意氣風發，好一副出獵的雄姿！

錦帽貂裘，千騎卷平岡

與太守一同出獵的隨從們個個武士裝束，就像羽林軍一樣雄姿英發；原野上，千騎奔馳，萬馬嘶鳴，如一陣狂飆席捲山岡。“錦帽貂裘”，即戴錦蒙帽，穿貂鼠裘，是漢代羽林軍的裝束，這里指隨獵者戎裝打扮。“千騎”，並非實指，而是説隨從衆多。

如果説前一句是個人豪氣的特寫，這一句則將鏡頭推遠，以開闊原野和千軍萬馬作爲背景；場面愈是壯觀，背景愈是宏大，主角的氣勢也就越發突出。

爲報傾城隨太守，親射虎，看孫郎

作者豪氣勃發，説：請爲我告訴全城的人，跟隨我去打獵；我要像當年孫權射虎一樣，一顯身手。“傾城”，誇飾之詞，同上面的“千騎”一樣，是突出氣勢之盛。“孫郎”，即三國時的孫權。史載，孫權在打獵時，馬被虎傷，他投出雙戟擊退老虎。

這一句有着言外之意。“射虎”固然勇武，但很多獵手都能做到。而孫權就不一樣了，他是一代雄主，曹操曾説：“生子當如孫仲謀！”作者以孫郎射虎比附，當然不會衹限于在狩獵場上稱雄。

酒酣胸膽尚開張，鬢微霜，又何妨

東坡本來豪情就很高，暢飲之后，酒意正濃，更覺胸懷開朗，膽氣豪壯。他説，即使鬢髮像染霜一樣，已經微白，又有什么關係呢！這一句是豪壯之言，也是自我安慰之語，包含了作者的深沉慨嘆。光陰漸逝，鬢髮灰白，年

輕時的雄心壯志無由實現，内心的悲哀可想而知。但東坡之爲東坡，就在于他有超越悲情的胸懷：大丈夫立身行事，何必爲此傷感！

持節雲中，何日遣馮唐

漢文帝曾派馮唐持符節到雲中郡去赦免魏尚，仍讓他擔任雲中太守，什么時候朝廷也能像那樣對自己再委以重任呢？“節”，符節。“雲中”，漢時郡名，在今内蒙古自治區托克托縣一帶，包括山西省西北的部分地區。雲中郡郡守魏尚守邊有方，戰績卓著，后因上報戰果時，被查出多報六人的殺敵數，被削職，並要坐牢。馮唐上諫文帝不應如此對待武臣名將，于是文帝就派馮唐持節到雲中郡去赦免魏尚，使他官復原職。蘇軾是因爲反對新政而自請外放的，這里有着身世之感，而更多的是渴望重新得到朝廷的重用。其殷切期待之情在追問的語氣中一露無遺。

會挽雕弓如滿月，西北望，射天狼。

作者在想象：等到將來到了疆場，自己定會力挽雕弓，奮勇殺敵，將覬覦國土的入侵者驅逐乾净！“會”，定當。“天狼”，即天狼星，在西北邊天空上。古人認爲天狼星主侵略，這里代指北宋西北邊的遼和西夏。

評解

用詞來寫習武打獵，塑造出一個激昂慷慨的志士形象，藉以抒發自己的報國情懷，這在題材和内容上都具有開創意義。這首詞進一步發展了范仲淹悲壯蒼凉的邊塞詞的精神，打破了紅粉佳人、多情公子爲抒情主人公的詞壇格局，形成一種粗獷豪邁的風格，具有一種陽剛之美。這與當時籠罩詞壇的柳永詞的詞風形成鮮明的對照。

蘇軾對自己的這種詞風也相當自豪，他在《與鮮于子駿書》中説：“近却頗作小詞，雖無柳七郎風味，亦自是一家。呵呵。數日前獵于郊外，所獲頗多。作得一闋，令東州壯士抵掌頓足而歌之，吹笛擊鼓以爲節，頗壯觀也。”

望江南

超然臺作

春未老，風細柳斜斜。
試上超然臺上看，半壕春水一城花。
烟雨暗千家。

寒食後，酒醒却咨嗟。
休對故人思故國，且將新火試新茶。
詩酒趁年華。

題解

宋神宗熙寧七年（1074）秋，蘇軾由杭州移守密州（今山東諸城）。次年八月，他命人修葺城北舊臺，並讓其弟蘇轍題名曰“超然臺”。熙寧九年暮春，蘇軾登超然臺，眺望春花盛開、滿城烟雨，觸動鄉思，寫下了這首詞。

望江南（春未老） 詞意圖　謝志高 繪

【句解】

春未老，風細柳斜斜

這首詞的題名一作《暮春》。首句即點明了當時的季節特徵：春已暮而未老。作者這樣寫是采取擬人化的手法，把春天寫活了。春天到來，柳枝跟着生長轉緑，在微風的輕輕吹拂下，摇曳生姿。風兒以“細”形容，可知其温和輕柔；柳枝以“斜斜”勾勒，形象地表現了隨風輕拂、婀娜動人的姿態。

試上超然臺上看，半壕春水一城花。烟雨暗千家

作者試着登上超然臺，滿城春色盡收眼底。衹見護城河里流着半壕春水，城里處處盛開鮮花，千家萬户籠罩在迷蒙烟雨中。“壕”，指護城河。作者在寫景時，善于抓住春水、花、烟雨等景物特徵，注意色彩上的强烈對比，把春日里不同時空的色彩變幻，用明暗相襯的手法傳神地傳達出來。“看”，一作“望”。

“試上”一詞，似有勉强之意，這是爲什么呢，看到下文就明白了。

寒食後，酒醒却咨嗟

此時正是寒食之后，作者站在高臺上，酒意漸消，禁不住長聲嘆息。“寒食”，節氣名，在清明節前一日或二日，節日期間禁火，衹吃冷食。登臺眺覽，作者爲什么會“咨嗟”呢？因爲馬上就是清明節，是爲親人掃墓的日子；然而此刻他遠在密州，歸鄉的心願又豈能實現？于此我們不難看到：滿城春色，更多的無非是觸動作者濃濃的鄉思；滿城人家，映襯的是他遠在异鄉、孑然一身的孤獨；“酒醒”的背后是酒醉，至于爲什么醉，這已不言自明。

休對故人思故國，且將新火試新茶。詩酒趁年華

不要因爲面對老友，就思念起故鄉；姑且用新起的火，試煎新采的春茶吧；趁着人還未老，且開懷暢飲、盡情吟詩吧。“故國”，這里指作者故鄉四川眉山。寒食過后，需重新點火，故稱之爲“新火”。“新茶”，指清明前采製的茶，即俗稱的“明前茶”，爲茶中佳品。

作者並没有沉浸在思鄉之情的傷感中，而是善于自我排解：既然不能如願，何必愁苦不堪？既然有好春光、好年華，何不盡情地享受這一切？超然物外，方能忘却塵世間煩惱，這便是曠達的蘇軾。

全詞所寫，緊緊圍繞着“超然”二字，這種“此心安處是吾鄉”的自得、善于自我開解的達觀，便是作者在密州時期心境與詞境的具體體現。俞陛

雲《兩宋詞選釋》評云："下闋'故人''故國'，觸緒生悲，'新火''新茶'，及時行樂，以此易彼，公誠達人也。"

評解

本篇是一首思鄉之作。上篇寫烟雨朦朧中的密州春景，下篇抒發清明時節思鄉不得，衹好以品茶飲酒、吟詩賞景爲娛的心情，表現出超然曠達的人生態度，與"超然臺"名相應。

《望江南》詞，以單調爲多，宋人喜作雙調，但成功的不多。蘇軾此詞，堪稱佳作。上下篇兩組對句，一組寫景，一組抒情。上一組對句，寫的是异鄉之景，下一組對句，抒的是故鄉之情；情由景發，情景交融，可謂曲折有致。全詞意境清麗，語言質樸無華。詞中渾然一體的斜柳、樓臺、春水、春花、烟雨的暮春景象，以及燒新火、試新茶的種種細節，細膩生動地表現了作者細微複雜的内心活動。全詞豪邁與婉約相兼，可見蘇軾並非一味豪放、不拘格律。

水調歌頭

丙辰中秋，歡飲達旦，大醉，作此篇。兼懷子由。

明月幾時有？把酒問青天。
不知天上宮闕，今夕是何年。
我欲乘風歸去，又恐瓊樓玉宇，高處不勝寒。
起舞弄清影，何似在人間！

轉朱閣，低綺户，照無眠。
不應有恨，何事長向別時圓？
人有悲歡離合，月有陰晴圓缺，此事古難全。
但願人長久，千里共嬋娟。

題解

蘇軾在密州呆了兩年時間，共創作了二十多首詞，其中許多爲名篇。正是從密州開始，蘇軾的詞作進入成熟期，形成了自己的風格和特色。

水調歌頭（明月幾時有） 詞意圖 劉大爲 繪

這首膾炙人口的詞作于熙寧九年（1076），小序中的“丙辰”指的就是這一年。中秋之夜，作者與友人飲酒賞月，通宵達旦。此詞系醉后抒懷之作，同時表達了對兄弟蘇轍的思念。子由，是蘇轍的字。

【句解】

明月幾時有？把酒問青天

中秋佳節，皓月當空，作者高舉酒杯，向青天發問：這明月究竟是什么時候就有的？此詞開篇出語奇异，超人意表。爲什么有此一問呢，是在追溯宇宙的起源？是在驚嘆造化的巧妙？還是在慨嘆宇宙的流轉無窮、蒼茫無極，人世的渺小短暫？無論是什么，作者此時必然是思接古今，有感而發。

屈原《天問》曰：“天何所沓？十二焉分？日月安屬？列星安陳？”李白《把酒問月》開篇曰：“青天有月來幾時？我今停杯一問之。”此處詞意與前二者有着傳承關係。不過，同樣是豪邁瀟灑、氣魄不凡，李詩舒緩，蘇詞峭拔，風格又各有不同。

不知天上宫闕，今夕是何年

對宇宙的追問尚未得到回答，作者的想象又飛向了天上仙境：不知道那里今晚是哪一年，又是一個什么樣的日子？

這一句化用唐代韋瓘所撰小説《周秦行紀》中的詩句：“香風引到大羅天，月地雲階拜洞仙。共道人間惆悵事，不知今夕是何年。”民間素有“天上一日，人間百年”的傳説，人生短暫，而天上的神仙們青春永駐，從不爲會老邁而擔憂。作者在這一追問中不僅是好奇，恐怕也隱含了對歲月流逝的焦慮之情吧。

我欲乘風歸去，又恐瓊樓玉宇，高處不勝寒

人間今夕，天上何年？天上是否勝過人間？作者想乘着清風飛上天去，可是想到那些用晶瑩剔透的美玉建成的樓閣，心中又不禁猶豫起來，衹怕因爲月宫太高，自己受不了那里的清寒。

飛天入月，爲什么説是“歸去”呢？因爲作者自認爲不屬于塵世，那仙境一樣的自由世界纔是自己的歸宿。蘇軾一生，以崇儒、講究實務爲主；但也好佛道，每當挫折失意之際，出世思想多有上昇。蘇軾一生並未退隱，但他那種超然物外、曠達自適的人生態度，比很多口頭上或事實上的“退隱”“歸田”更爲深刻。也正因如此，當時他就享有“坡仙”之稱。他在《前赤壁賦》中寫道：“浩浩乎如馮虚御風，而不知其所止；飄飄乎如遺世獨立，羽化而登仙。”在這里，作者説自己既嚮往天上又留戀人間，實際上寄寓着“出世”“入世”的矛盾心理。

起舞弄清影，何似在人間

我在月光下翩翩起舞，清影揮曳，月宫雖好，哪里比得上人間！

李白《月下獨酌》：“我歌月徘徊，我舞影凌亂”，寫酒后月下獨自對月起舞。蘇軾藉用其詩中灑脱不羈的形象和清朗空明的意境，捨去了原詩孤獨迷惘的情緒，用來表達自己中秋月夜的“歡”情“醉”意，並與月宫的孤寒作比。正因爲人間勝于天上，他纔欲去又止，實際上抒發了自己對人世的眷戀和人生的熱愛。

轉朱閣，低綺户，照無眠

上篇寫作者對天上明月的遐想，下篇轉而寫月光輝映下的人間景象。夜漸漸深了，月光移動着，將清輝灑向華麗的樓閣，低低地穿過雕花的窗户，照到了房中遲遲不能入眠的人。爲什么“無眠”呢？結合下文來看，是傷離怨别，對月懷人。這個“無眠”之人，乃是千千萬萬望月傷懷的人的縮影。

不應有恨，何事長向别時圓

作爲自然之物的月亮，本來是不會有什么愁恨的，可是爲什么總在人别離的時候圓了起來？别時月圓，彷彿故意與人爲難，令人傷心。用“何事”起問，表面上是埋怨明月不通人情，實則寄寓着自己懷人的深情。

人有悲歡離合，月有陰晴圓缺，此事古難全

作者運思入情，用他的曠達來作自我排解。人事多變，有相聚，就有别離；有歡樂，就有痛苦。月亮也是這樣，今晚儘管充盈皎潔，可是它也有被烏雲遮蔽的時候，有虧損殘缺的時候。天地萬物很難十全十美，這是自古已然的事實。既然如此，又何必爲離别感到憂傷呢？這幾句雙綰自然和社會，富有哲理，意境一轉豁達。

但願人長久，千里共嬋娟

雖然人間離别難免，相聚暫時不能如願，那么祇希望親人身健長在，即使遠隔千里，也可以明月與共，心意相通。

“嬋娟”，美好的樣子，指嫦娥，亦代指明月。南齊謝莊《月賦》中“美人邁兮音塵闕，隔千里兮共明月”是這兩句所本。王勃《送杜少府之任蜀州》：“海内存知已，天涯若比鄰。”蘇軾這兩句與它有异曲同工之妙。如詞前小序所説，這首詞表達了對弟弟蘇轍的懷念之情，但並不限于此。可以説這首詞是蘇軾在中秋之夜，對一切經受着離别之苦的人表示的美好祝願。于是，詞的境界愈見澂澈遼遠，詞的情思也愈加殷切綿延。

評解

這首詞以月起興，圍繞中秋明月展開想象和思考，把人世間的悲歡離合之情納入對宇宙人生的哲理性追尋之中。上篇執著人生，下篇善處人生。落筆瀟灑，舒卷自如，情與景融，境與思偕，思想深刻而境界高逸，充滿哲理，是蘇軾詞的典范之作。

歷來詩家詞家都對這首《水調歌頭》推崇備至。南宋胡仔的《苕溪漁隱叢話》將它推爲中秋詞的絶唱，説：“中秋詞，自東坡《水調歌頭》一出，餘詞盡廢。”宋胡寅在《酒邊集序》中説蘇詞“一洗綺羅香澤之態，擺脱綢繆宛轉之度，使人登高望遠，舉首而歌，而逸懷浩氣，超然乎塵垢之外”，稱道他創造了一種新的美學風范。

浣溪沙

簌簌衣巾落棗花，村南村北響繅車，牛衣古柳賣黄瓜。

酒困路長惟欲睡，日高人渴漫思茶，敲門試問野人家。

題解

這首詞爲蘇軾在徐州所作五首《浣溪沙》之一。這組詞前有一小序，説明了作詞的原委："徐門石潭謝雨道上作五首，潭在城東二十里，常與泗水增減，清濁相應。"神宗元豐元年（1078），徐州發生嚴重春旱，作爲一州之長的蘇軾對此極爲關心，他親往石潭求雨。得雨后，他又前往石潭謝神。這組詞即是記述他在村野的見聞和感受。

作者在這首詞中生動地描繪出一幅饒有情趣的農村初夏圖景，流露出對鄉村生活的喜悦之情。

浣溪沙（簌簌衣巾落棗花） 詞意圖　劉大爲 繪

【句解】

簌簌衣巾落棗花，村南村北響繅車，牛衣古柳賣黄瓜

首句正常語序應是“棗花簌簌落衣巾”，是説棗花簌簌飄落在衣服和頭巾上。“簌簌”，象聲詞，摹寫棗花飄落時的細微聲音。作者通過棗花點明初夏時節，同時展現出人行走于棗樹下，微風吹拂、清香四溢的景象。

次句寫所聞。耳畔傳來“吱吱嗡嗡”的紡車聲，細細傾聽，却又無法分辨聲音的來處，因爲在這個繁忙的收蠶季節里，繅絲聲已在村南村北此起彼伏響成一片了。“繅車”，是抽絲的工具。

末句寫所見。“牛衣”，《漢書·食貨志》有“貧民常衣牛馬衣”的話，也有人説即蓑衣之屬，這里泛指用粗麻織成的衣服。作者擡眼望去，就在路旁的一株古柳樹下，一位村農正叫賣着黄瓜。

作者成功地抓住了富有季節性特徵的事物，不加修飾，渲染出了濃厚的農村生活氣息；同時暗中流露出久旱逢雨之后輕松愉快的心情。如果旱情不解除，桑樹枯死，哪來桑葉養蠶而抽絲，也談不上賣瓜果了。作者用筆之妙，就在于此。

這一段寫景的獨特之處在于它不是用静態的視覺形象構成畫面，而是通過各種不同的音響在人的意識屏幕上折射出的一組連續不斷的影像，構成有聲有景的立體情境。“村南村北響繅車”，雖然祇是寫聲音，却分明呈現出村里百姓辛勤勞作的場景。

酒困路長惟欲睡，日高人渴漫思茶，敲門試問野人家

酒后困意正濃，又經過長途跋涉，此時真想好好地睡上一覺。烈日當空，口乾舌燥，要是能有一杯清茶解渴該有多好！于是走到村野的一户人家前，試着敲門探詢。“漫”，隨意，不由地。因爲非常渴，所以不由得想喝點茶。“試問”，透露出謙遜親切、不願驚擾人家的意思。

下篇開頭兩句用對偶，看似漫不經心，屬對却十分工整，尤其是虚詞“惟”與“漫”的對仗尤見功力，將初夏正午的炎熱和酒渴困倦的行人情態表現得真切生動，如在目前。

評解

在蘇軾以前的文人詞中，偶爾也有以農村生活爲題材的。比如，歸隱題材中就經常描繪鄉村山水的風景和樵夫漁父的形象，著名的如張志和《漁歌子》："西塞山前白鷺飛，桃花流水鱖魚肥。青箬笠，緑蓑衣，和風細雨不須歸。"但是這里的鄉村衹是山林歸隱的象徵，是被文人理想化了的隱逸之地，而不是真實的鄉村生活。

蘇軾把自己親身感受到的、富有生活氣息的鄉村生活寫入詞中。一方面，他有詩人的慧眼，能從農村的風土人情中提取淳樸自然之美，讓自己仕途勞頓的心靈得到放松；另一方面，他又是以士大夫"民胞物與"的責任感來關注鄉村、關心現實，因而百姓的哀樂也時時牽動着他的心。蘇軾開創的這樣一種表現農村的傳統，被后來的詩人和作者所繼承。從南宋陸游和范成大的農村題材詩以及辛弃疾的農村詞中，都可以看到蘇軾的影響。

這首詞在藝術上也很有特色，所寫見聞和經歷，似乎信手拈來，但在構思和用語上都是頗見匠心的。棗花、繅車、牛衣、古柳等都是農村習見的事物，賣瓜人、野人家也别有鄉土風味。尤其向農户敲門求茶，更現出農村淳厚的風俗。清新樸實、明白如話、感染力强，是這首詞顯著的藝術風格。

永遇樂

彭城夜宿燕子樓，夢盼盼，因作此詞。

明月如霜，好風如水，清景無限。
曲港跳魚，圓荷瀉露，寂寞無人見。
紞如三鼓，鏗然一葉，黯黯夢雲驚斷。
夜茫茫，重尋無處，覺來小園行遍。

天涯倦客，山中歸路，望斷故園心眼。
燕子樓空，佳人何在，空鎖樓中燕。
古今如夢，何曾夢覺，但有舊歡新怨。
异時對，黄樓夜景，爲余浩嘆。

題解

這首詞作于蘇軾知徐州期間。小序中的“彭城”是徐州的古稱。盼盼，姓關，唐朝人。白居易《燕子樓三首》詩序云：“徐州故尚書有愛妓曰盼盼，善歌舞，雅多風態……尚書既殁，歸葬東洛。而彭城有張氏舊第，第中有小樓名

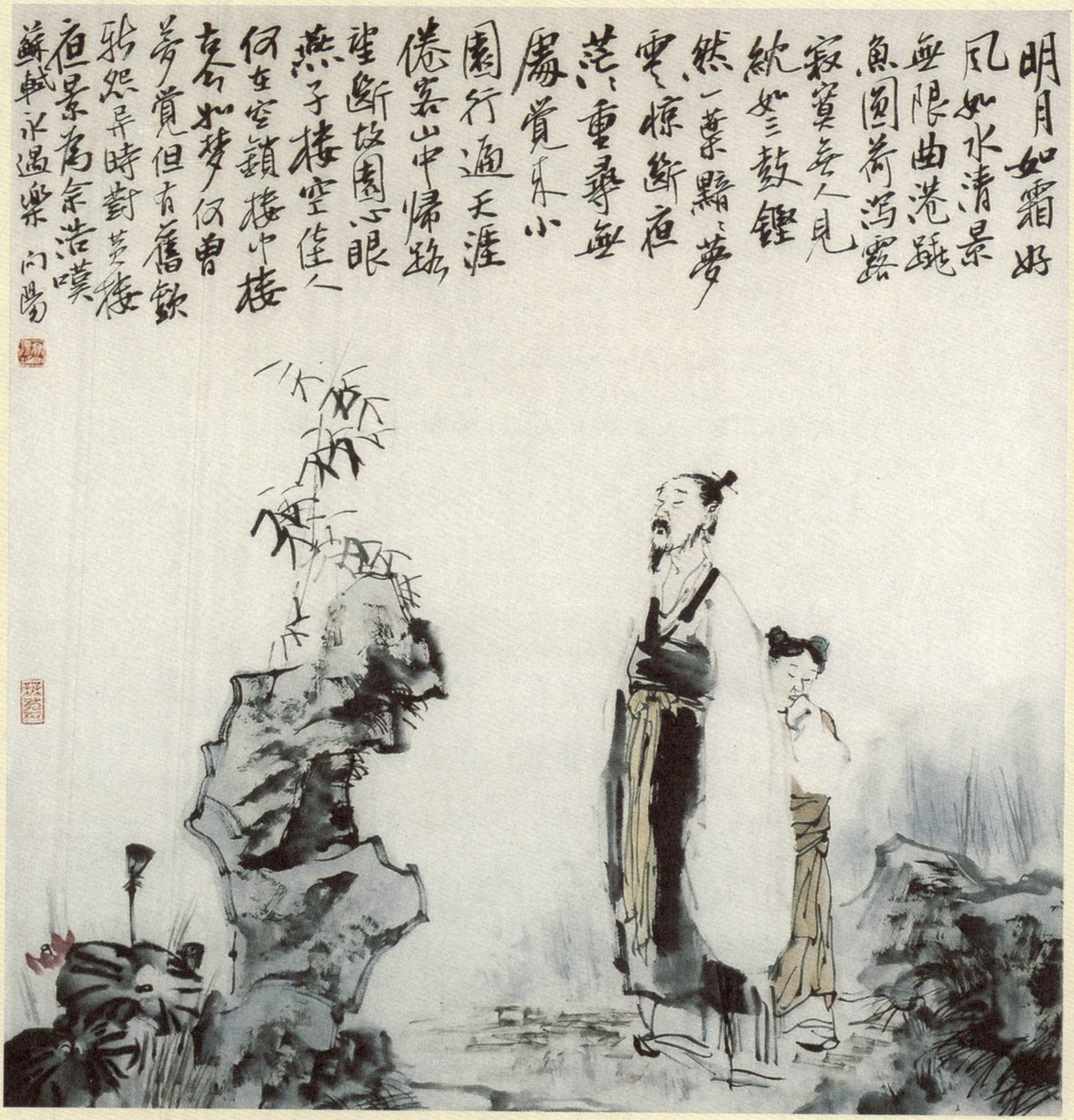

永遇樂（明月如霜） 詞意圖 高向陽 繪

燕子。盼盼念舊愛而不嫁，居是樓十餘年。”白氏所謂“尚書”，后世（包括蘇軾）多以爲是張建封，但據考證當爲張建封之子張愔。

神宗元豐元年（1078）十月的一個夜晚，蘇軾宿于燕子樓，夢到盼盼。醒來后十分感慨，寫下這首别具意境的佳作，在寫景之中，充滿了懷古傷今之意。

【句解】

明月如霜，好風如水，清景無限

月色明亮，皎潔如霜；秋風柔和，清凉如水。這清幽的夜色多么迷人！詞一開頭就描繪了燕子樓小園夜景。

以霜喻月光，在古詩詞中並不少見。霜帶着清冷的感覺，使得月光也帶着絲絲凉意，表現出了秋夜的時令特徵。以水形容月光也很常見，但以水喻風却是别出心裁，突出了“好風”帶給人的舒適感，彷彿柔和、清凉的水輕輕滑過皮膚一樣。從作者對明月和好風的描繪中，已經可以感受到他對這美好夜色的喜愛之情；接着又以“清景無限”總結，讚賞之情溢于言表。“清”既是作者當時的感受，也是我們閱讀時的感受，它恰到好處地概括了燕子樓夜色的清幽。

曲港跳魚，圓荷瀉露，寂寞無人見

彎彎的池塘里，不時聽到響動，那是魚兒在歡跳；圓圓的荷葉上，露珠滚動着，在月光的映照下就像一顆顆晶瑩的珍珠。祇可惜，寂静的深夜，無人欣賞。“曲港”，彎曲的河港，這里指小園中的池塘。魚往上跳，露往下瀉，相映成趣，有一種動態美。同時，魚跳暗點人静，露瀉可見夜深。

自然景色無所謂“寂寞”，這是作者移情于景的結果。也許他有感于燕子樓中獨居十餘年的盼盼的孤寂，也許是感慨于自己的落寞。總之，這“寂寞”之中包含着作者複雜的内心感受。

紞如三鼓，鏗然一葉，黯黯夢雲驚斷

夜色深沉，三更的鼓聲突然傳來；萬籟俱寂中，聽得見樹葉掉落地面，“鏗”的一聲如金石一般清脆。作者從夢中驚醒，禁不住悵然若失，黯然神傷。

“紞”，擊鼓聲；“如”，助詞。“鏗然”，金石聲。作者用“鏗然”這一形象而又帶誇張的詞語，既精細地寫出樹葉落地聲音的清晰，包含了豐富的感受，又從聽覺上造成動静的對比，從而生動地烘托出月夜倍加幽静的情境。應該説，這是他的一種幻覺。“夢雲”，藉宋玉《高唐賦》言楚王夢巫山神女自稱“旦爲朝雲，暮爲行雨”事，喻自己“夢盼盼”。作者的高明在于根本未寫夢中情形，而祇寫了夢醒后的悵然。

夜茫茫，重尋無處，覺來小園行遍

夢醒之后，作者再也無法入睡，于是起身去追尋夢中的情景。夜色茫茫，他走遍了小園，但什么也没找到。“夜茫茫”，照應“清景無限”，帶有暗淡感傷的色彩。他爲什么心緒茫然，若有所失呢？下闋作了回答。

天涯倦客，山中歸路，望斷故園心眼

這幾句帶有深沉的身世之感：我漂泊天涯，已經厭倦宦游；多少次遥望山中的歸鄉之路，直叫人望眼欲穿，心都碎了。自捲入因變法而起的政治漩渦以來，蘇軾外任已經多年，而且多次調動。在此期間，他的作品充滿了厭倦仕途、盼歸田園的思想。

杜甫詩云：“天畔登樓眼，隨春入故園。”蘇軾化用杜詩。“望斷”二字，道出思鄉情切，伴有無限的淒楚與無奈。

燕子樓空，佳人何在，空鎖樓中燕

望斷歸路，却不知何時纔是歸期。作者的思緒又回到眼前：幾百年過去，燕子樓已空空如也，當年的佳人又在哪里呢？我所見到的，祇有深鎖在樓上的燕子。

發生在燕子樓中的愛情故事，有寫不完的悲歡離合，但作者祇十三個字便説盡了。同時，將今昔不露痕迹地綰合在一起，在人去樓空的懷古感傷中，滲透着作者落寞的心緒。

古今如夢，何曾夢覺，但有舊歡新怨

古往今來，人生猶如一場大夢。人們什么時候真正醒來過？祇因歡怨之情未斷。

這里的夢，呼應上篇作者被驚醒的夢，但已上昇到哲理的高度。世事如過眼雲烟，人們却常常糾纏于名利、離合、愛恨之中，何曾有過真正的超脱？作者由盼盼之事，推及人生，感慨良多。

异時對，黄樓夜景，爲余浩嘆

蘇軾初到徐州，黄河泛濫，他親率徐州軍民防洪。第二年又築堤以防洪水再至，並建黄樓以鎮水勢。就在蘇軾寫這首詞的前一個月，有三十多位名士歡聚黄樓，慶祝黄樓落成。但是，這些很快也將成爲歷史，所以作者説：我現在爲“燕子樓空”而感嘆，將來必然也會有人對着黄樓夜景爲自己感嘆。

黄樓是蘇軾徐州政績的象徵。如果説前面是對紅塵兒女“舊歡新怨”的超脱，那么這里則表現出對自己建功立業的人生追求的反思，對現實以至未來的思考。

評解

這首詞有一種人生空幻的淡漠感，隱藏着作者尋求解脱的出世之意。全詞調子比較低沉，這正是動蕩的政局和厭倦官場的心理在詞作中的折射。寫這首詞后不到一年，蘇軾就鋃鐺入獄了。

全詞和婉淡麗而不失高曠清雄，議論灑脱而不流于枯燥乏味。“燕子樓空”三句，深得后人讚賞。其妙處如清代鄭文焯手批《東坡樂府》云：“殆以示詠古之超宕，貴神情不貴迹象也。”作者是寫懷古詞，不是寫歷史故事，因此無意在寫古方面多費筆墨，而是遺貌取神，將景、情、理熔于一爐，偏重于寫景抒情。正是由于作者寫景如畫，寄情于景，情中有理，懷古而不膠着于古，抒懷而不空洞，因此收到了很好的藝術效果。

水龍吟

次韻章質夫楊花詞

似花還似非花，也無人惜從教墜。
拋家傍路，思量却是，無情有思。
縈損柔腸，困酣嬌眼，欲開還閉。
夢隨風萬里，尋郎去處，又還被、鶯呼起。

不恨此花飛盡，恨西園、落紅難綴。
曉來雨過，遺踪何在？一池萍碎。
春色三分，二分塵土，一分流水。
細看來，不是楊花，點點是離人淚。

題解

這是一首非常有名的詠物詞。章質夫，福建蒲城人，是蘇軾的同僚和好友。他作有詠楊花的《水龍吟》，蘇軾的這一首是次韻之作。依照別人詞的原韻，作詞答和，連次序也相同的叫“次韻”或“步韻”。蘇軾在一封給章質夫

水龍吟　似花還似非花　詞意圖　陳謀 繪

的信中説：“《柳花》詞妙絶，使來者何以措詞。本不敢繼作，又思公正柳花飛時出巡按，坐想四子，閉門愁斷，故寫其意，次韻一首寄云，亦告以不示人也。”

一般認爲這首詞作于哲宗元祐二年（1087），時蘇軾與章同在京城，交往頻繁。但信中提到章質夫“正柳花飛時”出任巡按，則與元豐四年（1081）四月章出爲荆湖北路提點刑獄的經歷及季節特徵相吻合。故定爲元豐四年更爲妥當，時爲蘇軾因“烏臺詩案”被貶黄州的第二年。

【句解】

似花還似非花，也無人惜從教墜

蘇軾的這首詞題爲“詠楊花”，而章質夫詞則爲詠“柳花”，二者看起來相互抵牾，實則不然。隋煬帝開鑿運河，命人在河邊廣種柳樹，並御賜姓楊，故后來便稱柳樹爲“楊柳”。柳花亦被叫作楊花，它實際上是柳絮。

楊花雖然以花爲名，但是和人們普遍接受的花的印象不一樣。它細小無華，既無絢目的色彩，又無醉人的芬芳，實在很難真的被當成花來看待。所以作者説它好像是花，却又不像花。詞以摹寫楊花的形態開篇，並非直接描寫，却非常傳神。它寫出了楊花的獨特物性，同時又不僅限于此，作者彷彿在設身處地體驗楊花的命運和際遇。意味深長，空靈飄忽，奠定了全詞的風格基調。正如劉熙載《藝概》所説：“此句可作全詞評語，蓋不離不即也。”

落花總會令多愁善感的人們傷感憐惜，可是這同樣負着“花”之名的楊花，任憑它怎樣飄零墜落，也没有誰在意。“從”，任。“教”，使。一個“惜”字，有着濃鬱的感情色彩。“無人惜”，反襯作者獨“惜”。

抛家傍路，思量却是，無情有思

楊花隨風飄飛，離開家園，落在路旁。仔細思量，雖説無情，却也有它的情思。

楊花飄零，本是習見的自然現象，但作者不説“離枝”，而言“抛家”，不僅將其擬人化，更賦予豐富的内心世界。楊花“抛家”遠行，看似“無情”；而“傍路”又顯出内心沉重、戀戀不捨之意，是爲“有思”。

蘇軾信中説作此詞的緣由是因爲章質夫出任外官，遠離家人，自己“閉門愁斷，故寫其意”。因此寫楊花也就是寫宦途漂泊的章質夫，寫千千萬萬離家遠行的游子。作者一生輾轉各地，對此有着真切而深刻的體驗。

縈損柔腸，困酣嬌眼，欲開還閉

如果說楊花有思，那么所思爲何？應該是和游子一樣，思念的是家。對楊花來說，家便是它離開的那棵柳樹。作者由楊花引發的聯想，因而變爲對柳樹的想象。你看，那纖柔的柳枝，就像思婦受盡離愁折磨的柔腸；那嫩綠的柳葉，猶如思婦的嬌眼，春困未消，欲開還閉。“縈”，愁思縈迴。“柔腸”，柳枝柔細，故取以爲喻。“嬌眼”，柳葉初生時，如人的睡眼初展，故稱柳眼。

作者從楊花寫到柳樹，又以柳樹的風姿隱喻思婦的神態，可謂想象奇特，詠物而不滯于物。

夢隨風萬里，尋郎去處，又還被、鶯呼起

這幾句既攝思婦之魂，又傳楊花之神。游子遠去，思婦懷人不歸，常引起惱人春夢。柳樹大概也如此吧。在夢中，她追尋千萬里，好像尋到了夫婿——那游子一樣的楊花，衹是剛要相逢，却又被黃鶯的啼叫驚醒。

唐人金昌緒《春怨》詩曰：“打起黃鶯兒，莫教枝上啼。啼時驚妾夢，不得到遼西。”作者化用其意。從表面上看，這幾句幾乎都是在寫人，一個女子的無限幽怨，呼之欲出。但細讀之，又不能不說是在寫楊柳。隨風飛舞、欲起旋落、似去又還，不正是柳絮飄飛的情景嗎？至于黃鶯兒，也應該常常栖息在柳梢頭。作者落筆輕靈，以自己的內心體驗抒寫楊柳，使之成爲人的思想情感的載體。物性耶？人情耶？已經渾然不可分割了。

不恨此花飛盡，恨西園、落紅難綴

不必遺憾楊花飛盡，嘆衹嘆西園里百花凋零，難以連綴。作者筆鋒一轉，由楊花的情態轉而爲人的惜春傷逝之感。“此花飛盡”，是一花之事；而“落紅難綴”，是一春之事。待到楊花飛盡時，正是暮春時節，燦爛春光，不復重來。正如杜甫《曲江》詩云：“一片花飛減却春，風飄萬點正愁人。”

這里照應開篇“似花還似非花”，又一次將它與花，即“落紅”作了對比。楊花即使飛盡，仍舊不是傷春者憐惜的對象。“不恨”，是承上篇“非花”“無人惜”而言。其實，這是曲筆傳情。作者寫他人對楊花的態度，表達的仍是自己對楊花命運的關注，看似無情，實則有心。

曉來雨過，遺踪何在？一池萍碎

前面既然已經寫到“楊花飛盡”，這首詠物詞到這里似乎難以爲繼了。但作者别開生面，將詞意拓展到又一境界。清晨一場風雨過后，楊花已不見了踪影。它在哪里呢？已化爲一池浮萍，花殘身碎。

“一池萍碎”句，蘇軾自註：“楊花落水爲浮萍，驗之信然。”這是古人的一種説法，並不科學。但作爲文學特别是作爲抒情詩詞，倒也無須拘泥。

春色三分，二分塵土，一分流水

此時的春色，假如可以三分的話，那么兩分歸于塵土，一分歸于流水。“塵土”，是説落花飄零。“流水”，則指楊花落水。總之，春色已盡。由惜楊花，進而惜春光，詩人的情感袒露無遺。

“春色”居然可以分，這是一種想象奇妙而又高度誇張的寫法。蘇軾曾多次使用，如《臨江仙》“三分春色一分愁”，《雨中花》“不如留取，十分春態，付與明年”等。在蘇軾之前，已有人這樣寫。如唐代詩人徐凝的“天下三分明月夜，二分無賴是揚州”，宋初詞人葉清臣的“三分春色二分愁，更一分風雨”等，都是經典名句。

細看來，不是楊花，點點是離人淚

細細看來，那水中的浮萍，哪里是什么楊花；一點一滴，分明是離人傷心的眼淚。唐人詩曰：“君看陌上梅花紅，盡是離人眼中血。”作者化用其意。比喻新奇脱俗，想象大膽誇張，感情深摯飽滿，蘊意回味無窮。

由眼前的流水，聯想到思婦的淚水；又由思婦的點點淚珠，映帶出空中的紛紛楊花。可謂虚中有實，實中見虚，虚實相間，情景交融。鄭文焯手批《東坡樂府》讚之“煞拍畫龍點睛”。

評解

這首詞是蘇軾婉約詞中的經典之作。詞家一向以詠物爲難，張炎《詞源》曰：“詩難于詠物，詞爲尤難。體認稍真，則拘而不暢；模寫差遠，則晦而不明。”章質夫的柳花詞已經以其摹寫物態的精妙成爲一時傳誦的名作。步韻填詞，從形式到内容，必然受到原唱的約束和限制，尤其是在原唱已經達到很高的藝術水平的情況下，和韻要超越原唱實屬不易。蘇軾却舉重若輕，不僅寫出了楊花的形、神，而且采用擬人的藝術手法，把詠物與寫人巧妙地結合起來；將物性與人情毫無痕迹地融在一起，真正做到了“藉物以寓性情”。此詞一出，讚譽不絶，名聲很快超過章的原作，成爲詠物詞史上“壓倒古今”的名作。

卜算子

黄州定惠院寓居作

缺月挂疏桐，漏斷人初静。
誰見幽人獨往來，縹緲孤鴻影。

驚起却回頭，有恨無人省。
揀盡寒枝不肯栖，寂寞沙洲冷。

題解

元豐三年（1080），蘇軾被貶爲黄州（治所在今湖北黄岡）團練副使。他初到黄州時，曾經住在定惠院。這首詞即作于此時。

作者以作詩誹謗新法的罪名被捕入獄，這時剛出獄不久，驚魂未定，心境孤寂。詞中反映的正是這種情緒，並抒發了寧願寂寞也不願與世俗合污的情懷。

卜算子（缺月挂疏桐） 詞意圖　高向陽 繪

【句解】

缺月挂疏桐，漏斷人初静

月亮彎彎，挂在疏落的梧桐上；夜深人静，漏壺的水已滴光。“漏”，即漏壺，古人計時的工具，從壺中滴水計算時間。“漏斷”，壺中滴水減少，彷彿斷了，指夜深。

作者剛剛經歷過貶謫和離散。“烏臺詩案” 幾乎使他喪命，在獄中他甚至都想到了后事。現在雖然稍稍安定下來，他的心情仍不能平静。他眼中的世界此刻是多么不圓滿啊！既是缺月，又是疏桐，其暗淡、失落可見。既是漏斷，又是人静，則其寂寞、凄清可知。

誰見幽人獨往來，縹緲孤鴻影

有誰見到幽人獨自往來，彷彿天邊孤鴻飄渺的身影。“幽人”，原指幽囚之人，引申爲含冤之人或幽居之人。作者經常這樣稱呼謫宦生涯中的自己——“幽人夜渡吴王峴”“幽人拊枕坐嘆息”。也許是巧合，這些詩句的背景大都是晚上，我們彷彿看見作者的魂靈在黑夜里無聲地嘆息。據史載，蘇軾初到黄州時，“郡中無一人識者”；同時，由于當時“親友絶交，疾病連年，饑寒並日，人皆相傳已死”（《謝量移汝州表》），其處境的寂寞、艱辛，内心的抑鬱、苦悶，可想而知。此時，徘徊于清冷世界中的作者，與孤高出世、孤寂無助的大雁何其相似！

驚起却回頭，有恨無人省

黑夜中的這隻孤雁，不知受了什么驚嚇驟然飛起。它頻頻回頭，却没有人能理解它内心的無限幽恨。

這兩句細膩地刻畫了孤鴻的神情動態及其内心世界，實際上是寫作者經受磨難的悵惘心情。雖然最終没有罹難，但牢獄之災的餘悸猶存，作者心頭仍充滿了憂讒畏譏之感。這也是他初到黄州驚魂未定、顧影自憐的寫照。那時，他“杜門思愆，深悟積年之非”，而“平生親友無一字見及，有書與之亦不答，自幸庶幾免矣”。（《答李端叔書》）

作者心中分明“有恨”，然而却無人同情、理解。作者以含蓄空白的筆法，給我們留下了無限廣闊的思維空間。

揀盡寒枝不肯栖，寂寞沙洲冷

孤鴻在寒冷的樹枝之間逡巡，不肯栖息于任何一棵樹，而是寂寞地降落在清冷的沙洲上。

這里用“揀盡”“不肯”字樣，含有“良禽擇木而栖”的意思。有人說這句邏輯上有誤，因爲雁足爲蹼，是不能栖息于樹枝的，所以把“寒枝”改作了“寒蘆”。但這樣一來，“寒蘆”和“沙洲冷”的語意就基本一致了；而失去了鴻雁擇枝而栖、人擇主而處的象徵意義，也失去了作者不苟合于世、寧願獨抱寂寞的高潔心態。故于細節不必過分强求。

評解

這首詞上闋前兩句營造了夜深人静、月挂疏桐的孤寂氛圍，然后將幽人、鴻影兩個意象合在同一時空里。此時“幽人”是主，“孤鴻”是賓。下闋則寫孤鴻飄零失所、驚魂未定，却仍不肯隨便栖息于寒枝的情態。至此，人而似鴻，鴻而似人，非鴻非人，亦鴻亦人，主體與客體渾然一體。

今人繆鉞先生在賞析這首詞時説道：“晚近人論詞多以‘豪放’爲貴，而推蘇軾爲豪放之宗。這實在是一種偏見……蘇軾詞的特長是‘超曠’，‘豪放’二字不足以盡之。”這首詞的確是超曠之作。它空靈飛動，又含蓄蘊藉；既生動傳神，又寄托遥深。更令人稱道的是其品格高遠，正如黄庭堅所説：“語意高妙，似非吃烟火食人語，非胸中有萬卷書，筆下無一點塵俗氣，孰能至此！”

定風波

三月七日沙湖道中遇雨。雨具先去，同行皆狼狽，余獨不覺。已而遂晴，故作此。

莫聽穿林打葉聲，何妨吟嘯且徐行。
竹杖芒鞋輕勝馬，誰怕？一蓑烟雨任平生。

料峭春風吹酒醒，微冷，山頭斜照却相迎。
回首向來蕭瑟處，歸去，也無風雨也無晴。

題解

這是一首即事抒懷之作。作者藉途中遇雨的日常小景，抒寫自己淡定自若的胸懷，寄寓深邃的人生思考。

這首詞作于元豐五年（1082）三月，即蘇軾被貶黄州后的第三個春天。小序中提到的“沙湖”，在黄州東南。據《東坡志林》記載：“黄州東南三十里爲沙湖，亦曰螺師店，予買田其間，因往相田得疾。”遇雨一事，可能就發生在此途中。

定風波　莫聽穿林打葉聲　詞意圖　顧炳鑫 繪

【句解】

莫聽穿林打葉聲，何妨吟嘯且徐行

“穿林打葉”勾畫出雨驟風狂的情景。從小序中可知，這場風雨是突如其來的。由于雨具已給人先帶走了，同行的人都倉皇奔走，急急避雨，十分狼狽。而東坡却毫不在意。在暴雨和慌亂的人群中，他反而吟哦起詩句，放慢了脚步，儼然是閑庭信步。

狂風吹林，暴雨打葉，聲勢不可謂不嚇人，作者却說“莫聽”，即不要去管它。開篇二字便見出作者倔强的性格和傲視風雨的氣度。“吟嘯”，吟詩長嘯，這里表示意態安閑。與其爲大自然的倏忽變化惶惶不安，倒不如順其自然，不予理會。内心波瀾不驚，暴風驟雨又能奈何！

竹杖芒鞋輕勝馬，誰怕？一蓑烟雨任平生

“芒鞋”，草鞋。在東坡看來，在這樣的天氣里，手拄竹杖，脚穿草鞋，行走在泥濘中，比起帶着隨從騎着馬可要輕便得多。按理說，徒步跋涉要更艱難，蘇軾爲什么要說“輕勝馬”呢？竹杖芒鞋，是平民和閑人的裝束，而馬往往是官差吏卒等奔波忙碌之人的坐騎，所謂“行人路上馬蹄忙”。此時蘇軾已決定在黄州買田，自耕自食，過一種平民式的自適生活。這里的“輕”，實際上是表達作者對當時生活的感受，流露出對爲官生涯的厭倦之情。正如他在《答李端叔書》云：“得罪以來，深自閉塞，扁舟草屨，放浪山水間，與漁樵雜處，往往爲醉人所推駡，輒自漸喜不爲人識。”

既然能够如此超脱，那風風雨雨又有什么可怕的呢？因此，作者說：披蓑戴笠，垂釣烟雨，不也可以自在地度過一生嗎？

對“一蓑烟雨任平生”，歷來有着不同的理解。有人認爲它表現的是作者面對人生風雨而安之若素，有人則認爲它體現了東坡厭惡官場生涯的隱逸之思。

“一蓑烟雨”是抒寫山林隱逸之情最常見的意象。唐張志和《漁歌子》曰：“青箬笠，绿蓑衣，斜風細雨不須歸。”蘇軾化用其意。實際上，蘇軾一生雖未避隱，但受老莊思想影響，對塵世常生厭倦之心，“人生如夢”的字句常常出現在他的詞中。在他同年九月所作的《臨江仙》（夜歸臨皋）中就說：“小舟從此逝，江海寄餘生。”因此，以其爲隱逸之思自有它的道理。

料峭春風吹酒醒，微冷，山頭斜照却相迎

上篇寫雨中的情形和雨中的思緒，下篇則寫雨后的景象和雨后的感悟。“料峭”，風寒貌。雨過天晴，春風微寒，吹醒了作者的酒意。擡眼望去，夕陽從山頭斜照過來，彷彿是在迎接風雨后歸來的作者。

作者在雨中吟詠徐行，處之泰然，雨停之后，反倒覺得寒冷。這是寫實，也是對人生遭遇的感受。不管是自然的風雨，還是人生的風浪，總會給人以悲歡苦樂等不同的體驗。于是，當山頭的斜陽擁抱作者時，作者有了异常温暖的感覺。這也正如我們常説的，不經歷風雨，怎么見彩虹。“却相迎”，將陽光擬人化，讓它有了人情味。

回首向來蕭瑟處，歸去，也無風雨也無晴

此時再回頭去看剛纔雨打風吹處，已經是烟消雲散，斜陽也收斂了光輝。一切都已成爲過去。“蕭瑟”，風雨聲。這里雙關自然界和人生，暗寓蘇軾在那場幾乎致他于死地的政治風波中的感受。經過暴風驟雨，得來的常常是輕松平静。自然界如此，人生的旅途何嘗又不是這樣呢?

“歸去”，可以理解爲“身隱”，挂冠而去，隱于江湖，這樣就可以徹底擺脱仕途的紛擾。但這衹是一方面。更准確的理解應該是“心隱”。白居易詩中有“我生本無鄉，心安是歸處”，蘇軾也曾説：“此心安處，便是吾鄉。”進退自如，寵辱不驚，不以物喜，不以己悲，這纔是“心隱”的境界。“無晴”，是對先前爲斜陽而欣慰的情緒的否定和反省，也是作者思想的再一次昇華。

最后這兩句，是作者獨特個性的心理折光。蘇軾自己也非常喜愛，晚年被貶謫海南時，他在《獨覺》詩中原封不動地加以引用：“倏然獨覺午窗明，欲覺猶聞醉鼾聲。回首向來蕭瑟處，也無風雨也無晴。”

評解

這首詞是蘇軾哲理詞的代表作，尤以其展示的性情氣度胸懷取勝。從偶然的生活小事中感受和發現深刻的人生哲理，是蘇軾哲理詞的特徵。他以智者的眼光看待世界，則世間萬事萬物無不蘊含深意。有人稱這首《定風波》是“簡樸中見深意，尋常處生波瀾”。近人鄭文焯《手批東坡樂府》評價道：“此足徵是翁坦蕩之懷，任天而動。琢句亦瘦逸，能道眼前景。以曲筆直寫胸臆，倚聲能事盡之矣。”

浣溪沙

游蘄水清泉寺，寺臨蘭溪，溪水西流。

山下蘭芽短浸溪，
松間沙路浄無泥，
蕭蕭暮雨子規啼。

誰道人生無再少？
門前流水尚能西，
休將白髮唱黄鷄。

題解

《浣溪沙》，雙調令詞，又作《浣溪紗》《小庭花》《滿院春》。原爲唐教坊曲，后用爲詞牌名。音調和緩柔美，易于寫景抒情。

這首詞作于元豐五年（1082）三月，蘇軾時年四十六歲，謫居黄州。小序中的“蘄水”，即今湖北浠水，在黄州東。蘄水的清泉寺，下臨蘭溪。蘭溪水出于箬竹山，因溪旁多蘭花而得名。關于這首詞的寫作背景，《東坡志林》卷

浣溪沙（山下蘭芽短浸溪） 詞意圖　范曾 繪

一記載：“黄州東南三十里爲沙湖，亦曰螺師店，予買田其間，因往相田，得疾。聞麻橋人龐安常善醫而聾，遂往求療。安常雖聾，而穎悟絶人，以紙畫字，書不數字，輒深了人意。余戲之曰：‘余以手爲口，君以眼爲耳，皆一時异人也。’疾愈，與之同游清泉寺。寺在蘄郭門外二里許，有王逸少洗筆泉，水極甘，下臨蘭溪，溪水西流。余作歌云。”

這首詞從優美的山川景色着筆，即景抒慨，富有哲理，表達了作者對自然的熱愛和超越人生苦難的樂觀進取精神。

【句解】

山下蘭芽短浸溪，松間沙路净無泥，蕭蕭暮雨子規啼

暮春三月，溪水上漲。山下岸邊的蘭草生出短短的新芽，浸潤在清澈的溪水中。作者和友人漫步在清泉寺中，松林間的沙路潔净無泥。

蘭是香草，古代往往以“蘭”象徵美好的東西。蘭芽尚短，却充滿活力，“浸溪”一詞，更是描繪出欣欣向榮的景象。白居易詩中有“沙路潤無泥”之句。蘇軾將“潤”改作“净”，清新、明净的感覺油然而生。這對游人來説，正可以縱情踏步而游，無所阻礙。同時，“净”也意味着無人踐踏，没有塵世的喧囂雜污。

然而天公不作美，傍晚時分，下起了細雨；細雨之中，又傳來杜鵑的聲聲啼叫。“蕭蕭”，細雨迷蒙之狀。“子規”，即杜鵑，相傳爲蜀帝杜宇之魂所化，鳴聲凄厲，常被用來寫羈旅之思。暮春三月，春色正濃，可寫之景數不勝數，作者却獨取此景。雖是寫實，却也折射出他當時的處境和心情。

蘇軾貶官黄州，以爲再也無法實現“致君堯舜”的理想，做好了“便爲齊安（黄州）民”的思想准備，並計劃多處買田。此時，雖然游于蘭溪，作者的内心並不平静。在這易于觸發愁懷的黄昏時分，一聽到杜鵑啼叫，難免觸動鄉旅之思，增添悲凉孤寂之情。

儘管如此，上篇的寫景總體上傳達的還是一種明快愉悦的情緒。作者選取了最富表現力的景物，寥寥幾筆，便勾畫出一幅暮春風景圖，明麗、清新的境界，令人心曠神怡。

誰道人生無再少？門前流水尚能西，休將白髮唱黄鷄

誰説人生不能重新擁有青春呢？你看，門前的蘭溪都可以向西流去。既

如此，那就振奮精神，不要再爲頭髮變白而悲嘆鷄鳴催曉吧！

下篇就眼前“溪水西流”這一現象生發感慨和議論。前人云，“百川東到海，何時復西歸”，“花有重開日，人無再少時”，江水東流不返，就像時間一去不回。人的青春年華也衹有一次。可是這蘭溪水却無視自然規律，徑自向西流去。作者賦予溪水以人的意志，並因此受到深深的激勵。這里的“再少”當然不是道教徒企求的“返老還童”，而是指具有年輕人那樣的樂觀向上、充滿朝氣的心態。自然規律雖然無可選擇，人的精神却是操之在己的。因此，年華可以老去，但人不能暮氣沉沉。

“黄鷄”，出自白居易的《醉歌示伎人商玲瓏》一詩：“誰道使君不解飲，聽唱黄鷄與白日。黄鷄催曉丑時鳴，白日催年酉前没。腰間紅綬繫未穩，鏡里朱顔看已失。”白居易感嘆黄鷄催曉、朱顔易逝，語調低迷。蘇軾則一掃白詩的傷感悲嘆。這一句也冲淡了上篇“蕭蕭暮雨子規啼”的悲凉氣氛。

“烏臺詩案”是蘇軾人生中的重大打擊，但是他並不因此頹廢自傷。對青春活力的召唤，即是對生活、對未來的嚮往和追求。這是東坡以順處逆的胸懷使然。

評解

這首詞寫景純用白描，清新淡雅；抒情則别出心裁，富有哲理，體制雖小，却意味悠長。不但情景交融，而且情理結合，渾然一體。

這首詞既是作者的一種自我解脱，也是一首樂觀的呼唤着青春的人生之歌。詞中所表達的帶有普遍意義的哲理，是作者灑脱曠達的胸懷、積極進取的精神與所處的環境之間的矛盾而迸射出的火花。那在逆境中依然自强不息的精神，千載之下，讀來猶令人感奮。這種堅强曠達的性格，也是蘇軾受到后世尊崇和喜愛的重要原因。

西江月

頃在黄州，春夜行蘄水中，過酒家飲。酒醉，乘月至一溪橋上，解鞍，曲肱醉卧少休。及覺，已曉，亂山攢擁，流水鏘然，疑非塵世也。書此語橋柱上。

照野瀰瀰淺浪，横空隱隱層霄。
障泥未解玉驄驕，我欲醉眠芳草。

可惜一溪風月，莫教踏碎瓊瑶。
解鞍欹枕緑楊橋，杜宇一聲春曉。

題解

這首《西江月》作于神宗元豐五年（1082），蘇軾貶謫黄州期間。

小序叙事簡潔，描寫生動，充滿詩情畫意，本身就是一篇優美的小品文。作者説，最近在黄州，一個春天的夜晚，沿着蘄水走。經過酒家，喝了幾杯酒。帶着醉意，趁着月色走到一座溪橋上，解下馬鞍，彎着胳膊作枕，准備稍事休息。誰知一覺醒來，天已亮了。環顧四圍，青山環繞，緑水淙淙，真讓人懷疑這不是塵世。感慨之餘，揮筆在橋柱上題下此詞。

西江月（照野瀰瀰淺浪） 詞意圖　謝志高 繪

小序中的“蘄水”，即今湖北浠水。“曲肱”，彎曲手臂。《論語·述而》説：“飯疏食，飲水，曲肱而枕之，樂亦在其中矣。不義而富且貴，于我如浮雲。”此用其意。作者描叙了自己春夜醉眠山水間的一次美妙經歷，表達了對自然山水的鐘愛之情和物我兩忘、超然自適的人生態度。

【句解】

照野瀰瀰淺浪，横空隱隱層霄

開頭兩句，以恬静而輕靈的筆調，簡練自然地描繪出春宵美景：月光照耀在空曠的原野上，清溪微波蕩漾；浩淼的夜空中，雲層淡柔，若隱若現。

“瀰瀰”，水滿而流動的樣子。用它來形容“淺浪”，就把春水上漲、溪流汩汩的景象表現出來了。“層霄”，即層雲。以“隱隱”形容雲層的輕淡柔和、若有若無，頗爲傳神。東坡歷來愛月，他在這里雖未直接描寫月光，却通過廣袤的原野、廖廓的天宇、清亮的溪水、淡柔的雲層，表達了對無邊月色和由此而生的美好夜色的讚賞之情。不僅是作者自己，就連讀者，也已心曠神怡了。

障泥未解玉驄驕，我欲醉眠芳草

“障泥”，是用錦或布製作的馬韉，墊在馬鞍之下，一直垂到馬腹兩邊，以遮塵土。《晉書·王濟傳》：“濟善解馬性，嘗乘一馬，著連乾障泥，前有水，終不肯渡。濟曰：‘此必是惜障泥。’使人解去，便渡。”“玉驄”，毛色青白的駿馬，代指坐騎。

作者藉用典故，祇寫坐騎的神態，便襯托出瀕臨溪流的情景。其實未必是馬因障泥未解，便任性不肯涉水，而是作者自己停下了脚步。他醉意朦朧，真想索性就在這芳草叢中睡去。“我欲醉眠”，出自蕭統的《陶淵明傳》。陶淵明醉時曾對客説：“我醉欲眠，卿可去。”一派豪放率真之情。這一句將作者忘乎所以的沉醉、曠若仙人的隨意瀟灑，形神畢肖地表現了出來。

可惜一溪風月，莫教踏碎瓊瑶

“可惜”，是可愛的意思。“瓊瑶”，即美玉，這里比喻皎潔的水上月色。微風輕輕吹拂，溪中波光粼粼，水月交輝，真像綴了一溪晶瑩剔透的珠玉。還是趕緊把馬拴好吧，免得它走入溪中，踏碎了這天光月影。

這兩句進一步爲上兩句作了補充交待。景色是這樣的美好，幾乎容不得半點驚擾，他要静静地欣賞這一切。

解鞍欹枕緑楊橋，杜宇一聲春曉

因爲酒意未消，又爲美景陶醉，作者准備稍事停留休息。他解下馬鞍，當作枕頭，斜卧在緑楊橋上。没想到，這一覺睡得十分香甜，直到黎明時杜鵑的一聲啼叫，纔將他從夢中驚醒。

“一聲春曉”，如空谷傳聲，餘音裊裊，生動地表現了野外清新空靈的春晨之景。但具體怎樣，又不細説，有如在畫卷上留下空白，讓讀者去想象，真是回味無窮。

評解

因“烏臺詩案”，蘇軾被貶黄州。爲了排遣内心的苦悶，他有時參禪悟道，有時寄情山水。在這首《西江月》中，澂澈的自然景色與作者空靈的心境交相融合。作者將自己的身心融入大自然中，完全忘却了塵世的榮辱與悲歡。他的憂中取樂，苦中求歡，正是由于他有隨緣自適的曠達胸懷。

這首詞采用情景交融的藝術手法。所寫之景，無論是作者夜間醉眠之地，還是醒來所見的景象，都是“疑非人世”之景；所抒之情，是忘却塵世的超然之情。這獨特的意境，是那樣地富有詩情畫意，讀來回味無窮，令人神往。傳説由于這首詞清淡優美，空靈蘊藉，當時便有敬慕蘇軾的人，在離橋不遠的地方，建了一個亭子，起名春曉亭。雖不知是否屬實，却成爲文學史上的一段佳話。

蘇軾之前的詞，大都是應歌而作，詞有調名表明其唱法即可，所以絶大多數並無詞序。蘇軾把詞變成了緣事而發、因情而作的抒情言志之體，因而詞的情志因何而生須有説明。爲了解決這一矛盾，他在很多詞中采用標題和小序的形式，或交代創作背景，或補充本文意境内容，大大豐富和深化了詞的審美内涵。

洞仙歌

余七歲時，見眉山老尼，姓朱，忘其名，年九十餘。自言嘗隨其師入蜀主孟昶宫中。一日大熱，蜀主與花蕊夫人夜納凉摩訶池上，作一詞，朱具能記之。今四十年，朱已死久矣，人無知此詞者，但記其首兩句。暇日尋味，豈《洞仙歌令》乎！乃爲足之云。

冰肌玉骨，自清凉無汗。
水殿風來暗香滿。
綉簾開，一點明月窺人，人未寢，攲枕釵横鬢亂。

起來攜素手，庭户無聲，時見疏星渡河漢。
試問夜如何？夜已三更，金波淡，玉繩低轉。
但屈指西風幾時來，又不道流年暗中偷换。

題解

這首詞作于元豐五年（1082），當時作者正謫居黄州。詞作附有一篇小序，叙述作者填寫此詞的緣由：根據后蜀國主孟昶餘下的頭兩句，補足爲一首完整的《洞仙歌》詞。從序文看，好像帶有游戲筆墨的味道，但文中突出交代

洞仙歌（冰肌玉骨） 詞意圖 蕭惠珠 繪

九十老尼朱氏記詞經歷，謂“今四十年，朱已死久矣”，已帶有人生易老、時光易逝的感慨。讀罷全詞，更能體味這是一篇作者有意寄懷之作。

《洞仙歌》，又名《羽仙歌》《洞仙詞》等，原爲唐教坊曲名。此調有令詞，有慢詞。蘇軾的這一首爲令詞。“洞仙”，道家説神仙居住在名山洞府，故稱之。孟昶，五代時后蜀國君，知音律，能填詞。宋師伐蜀，兵敗投降。花蕊夫人，孟昶的貴妃，貌美，多纔多藝，善詩文。其《述國亡詩》頗受人稱道：“君王城上豎降旗，妾在深宫那得知？十四萬人齊解甲，寧無一個是男兒！”

【句解】

冰肌玉骨，自清涼無汗

冰一樣清瑩的肌膚，玉一般潤澤的身骨，即使在炎炎夏日，也自是遍身清涼，全無汗染之氣。《莊子·逍遥游》：“藐姑射之山，有神人居焉。肌膚若冰雪，綽約若處子。”作者化用其意，以誇張的手法，真實而生動地表現出花蕊夫人美麗的姿質。

據《能改齋漫録》記載，花蕊夫人姓徐，因“花不足以擬其色”，故名爲花蕊夫人。后改稱慧妃，“如其性也”。這是一個妙心慧質的女子，作者所要表現的不僅是她的容貌，更側重于她超凡脱俗的氣質。

水殿風來暗香滿

這一句寫花蕊夫人居住的環境：她住在清涼的水殿里，微風吹來，幽幽的清香飄滿宫室，氤氲不去。“水殿”，指摩訶池邊的宫殿。“摩訶”，梵語中是大的意思。摩訶池，建于隋代，在成都城内。

作者抓住水殿、風、香等景物特徵，構成一種寧静的意境，令人彷彿身臨其境。同時又給人留下豐富的想象空間：水殿是什么樣？暗香是什么香？居住在這里的主人又該是如何清雅不俗？

即此一句，便見作者文心筆力，何等不凡。清代沈祥龍《論詞隨筆》評價道：“詞韶麗處不在塗脂抹粉也。誦東坡‘冰肌玉骨，自清涼無汗，水殿風來暗香滿’句，自覺口吻俱香。”

綉簾開，一點明月窺人，人未寢，欹枕釵横鬢亂

清風徐來，綉簾微開，一縷月光瀉進室内，像是在把美人窺探。美人尚未入睡，但見她斜靠綉枕，寶釵横插，秀髮微散，彷彿若有所思。作者藉“明

月窺人”寫花蕊夫人的情態，可謂别出心裁，彷彿她的美麗讓明月也忍不住動心。

起來攜素手，庭户無聲，時見疏星渡河漢

這是寫蜀主與花蕊夫人納凉的情景：起身來攜手漫步，夜已深，庭院中悄無聲息；仰望夜空，月明星稀，不時有流星閃爍，划過銀河。

“庭户無聲”，是説夜深人静。“疏星渡河漢”， 則在悄無聲息中顯示出宇宙的變换運轉。這爲下文女主人公的問話和思想活動作好了鋪墊。

試問夜如何？夜已三更，金波淡，玉繩低轉

請問現在該是什么時辰了？一定已經三更了，你看，月光漸漸暗淡，玉繩星也已低落。“金波”，指月光。“玉繩”，兩星名，在北鬬七星中的第五星玉衡星的北面。“試問”，寫出了問話者的温婉多思；而回答者語氣温和舒緩，並耐心指點天空的變化。

但屈指西風幾時來，又不道流年暗中偷换

詞以女主人公的細思幽想結尾：屈指算算，秋天什么時候會來；而盼得秋來，却不料年華似水，不知不覺中又已流逝。

人生不易，常常是在現實缺陷中追求想象中的美境；而美境縱來，情况又隨之有變了。作者藉花蕊夫人嘆時光流逝、怕青春老去，實際上是抒發自己人生無常的悵惋之情。

評解

這首詞説花蕊夫人故事，僅開頭二句爲蜀主詞句，后面都是蘇軾所續。全詞“豪華婉逸，如出一手”，體現了作者高超的藝術創造力。蘇軾補足此詞，更主要的是藉題發揮，用以抒發内心感慨。其成功之處，還在于創作了一篇很好的序文，與詞的内容相關照，但又不重複。

雖然是宫廷題材，但詞中自始至終没有富麗堂皇的渲染。無論是花蕊夫人，還是她所處的環境，都清麗脱俗。整首詞清雅俊逸，空靈雋永，在優美的意境中，給人以哲理的啓示。

念奴嬌

赤壁懷古

大江東去，浪淘盡、千古風流人物。
故壘西邊，人道是、三國周郎赤壁。
亂石穿空，驚濤拍岸，捲起千堆雪。
江山如畫，一時多少豪傑！

遥想公瑾當年，小喬初嫁了，雄姿英發。
羽扇綸巾，談笑間、檣櫓灰飛烟滅。
故國神游，多情應笑我，早生華髮。
人生如夢，一尊還酹江月。

題解

這首詞作于神宗元豐五年（1082）。那時蘇軾四十七歲，被貶謫黄州已經兩年多了。全詞融景物、人事感嘆、哲理于一體，將人帶入江山如畫、奇偉雄壯的景色和深邃無比的歷史沉思中，喚起讀者對人生的無限感慨和思索。

念奴嬌（大江東去） 詞意圖　馮遠 繪

【句解】

大江東去，浪淘盡、千古風流人物

大江一往無前，不知所止，本身就給人蒼茫無垠之感。江水一去不返，又讓人想到“逝者如斯”。作者佇立江邊，聯想到歷史上英雄人物的消逝。本來這是平常而自然的。但他用“浪淘盡”三個字將“大江”和“千古風流人物”聯繫起來，境界却不平凡。不僅使人看到大江的洶涌奔騰，想到歷史長河的不可阻擋，同時使人感受到風流人物的非凡氣概，體味到作者兀立長江岸邊對景抒情的壯懷。

這兩句，江山人物合寫，佈下一個廣闊蒼茫的時空背景，有一種通古今而觀之的氣度。不但風格雄渾，感情激越，而且暗中含轉，將讀者從眼前壯景帶入千古興亡的歷史氣氛中去。給人以豐富的感悟和想象餘地。

故壘西邊，人道是、三國周郎赤壁

正因爲前面暗中有此一轉，纔由泛泛的對于江山、人物的感想，歸到赤壁之戰的具體史迹上來。當年的戰場究竟在哪里，向來衆説紛紜。蘇軾所游的赤壁是今天湖北黄岡的赤鼻磯，並非赤壁之戰發生地。他在此不過是藉懷古以抒感，所以作者説：這舊時營壘的西邊，人們都説是三國時周瑜大敗曹操的赤壁。“人道是”，意思是“據人們講”，下筆極有分寸。

周瑜年僅二十四歲就做了吴國將軍，吴國人近乎親昵地稱之爲“周郎”，表達了對少年俊傑的稱賞之情。在赤壁一戰中，周瑜指揮軍隊以弱勝强，使三國鼎立局面得以形成，赤壁也因此名傳千古，故謂“周郎赤壁”。

亂石穿空，驚濤拍岸，捲起千堆雪

陡峭的崖壁，高高地刺入空中；驚人的巨浪，衝擊着崖岸，激起無數的浪花，就像是千萬堆的白雪。全詞正面描寫赤壁景色的衹有這三句，却十分生動形象地展現出一幅驚心動魄的畫面。“亂石”句是仰視石壁的高峭形象，側重于寫姿態。“驚濤”句是俯視江岸的奇險形象，既有姿態，又有聲音。“捲起”句是描繪波濤洶涌起伏的异景，在姿態中又有色彩。不同角度、不同感覺、不無誇張的描寫，把讀者帶進一個奔馬轟雷的奇險境界，使人心胸爲之開闊，精神爲之振奮。這樣的景象，又暗合英雄人物的氣勢，滲透着作者的澎湃豪情。“穿空”，一作“崩雲”。“拍岸”，一作“裂岸”。

江山如畫，一時多少豪傑

詞人不由得發出感嘆：錦綉的河山，美麗如畫，那時候，出現了多少英雄豪傑！上句承上，總括景物描寫。“如畫”，極言景象之美。上面描繪到的或未曾描繪的，都包括在内，給人以馳騁想象的餘地。下句啓下，由江山形勝轉到英雄偉業的慨嘆。“一時”，作那一時期講。詞一開始所説“千古風流人物”，是着眼于廣闊的歷史背景；這里的“一時多少豪傑”，則是單就赤壁之戰而言。得勝者固然是英雄，失敗了也不失豪傑本色。

遥想公瑾當年，小喬初嫁了，雄姿英發

遥想周瑜當年，小喬初嫁給他，他英姿瀟灑，意氣風發。作者由概括到具體，一步步縮小描寫范圍，最后定格在周瑜。“公瑾”，是周瑜的字。據史書記載，周瑜在孫策手下擔任將領時，纔二十四歲。他性情温厚，善于和人交友。人們讚賞説：“與周公瑾交，如飲醇醪。”他精通音樂，如果演奏有誤，他立刻就會察覺。人們説：“曲有誤，周郎顧。”他在三十四歲時，與二十八歲的諸葛亮，統率孫劉聯軍，在赤壁大戰中，用火攻戰術，將老謀深算、年已五十四歲的曹操打得一敗塗地。這樣的人物，在蘇軾眼中，當然是值得嚮往的了。

“小喬”，三國時吴國喬玄的幼女。喬玄有兩個女兒，“皆國色也”。大喬嫁孫策，小喬嫁周瑜。周瑜娶小喬是在建安三年或四年，當時二十四五歲。而赤壁之戰發生在建安十三年，此時距納小喬已有十年之久。作者爲什么説“初嫁”？這是以美人襯英雄。一爲年輕得意、風流倜儻的少年形象，一爲指揮千軍萬馬的主帥形象，二者疊合在一起，“雄姿英發”的形象便躍然紙上了。從藝術角度來説，實爲傳神之筆。

羽扇綸巾，談笑間、檣櫓灰飛烟滅

這兩句寫周瑜指揮三軍時的情形：他手摇着白羽扇，頭帶着青絲巾，談笑之間，敵人的船隊就灰飛烟滅。“羽扇”句，寫其裝束，雖然身當大敵，依然身着便服，風度閑雅。“談笑”句，寫其韜略，成竹在胸，從容自若。

“綸巾”，青絲帶的頭巾。魏晉以來，上層人物以風度瀟灑、舉止雍容爲美，羽扇綸巾則代表着這樣一種“名士”的形象。這種裝束也許並未被兩軍陣前的統帥采用過，但作者用來刻畫周瑜，就使得風流儒將的形象更加豐滿。

“檣櫓”一句，突出火攻水戰的特點，將曹軍慘敗情景形容殆盡。當時，孫劉聯軍用輕便戰船，裝滿易燃物，詐稱請降，駛向曹軍。一時間，火烈風猛，敵船燒毁無數。“檣櫓”，一作“强虜”。

故國神游，多情應笑我，早生華髮

這三句，作者由懷古而轉入個人身世的感慨。“故國”，指赤壁古戰場。“故國神游”，即神游故國，是説三國赤壁之戰和那些歷史人物，引起了自己許多感想，好像靈魂向古代游歷了一番。

赤壁大戰的時候，周瑜纔三十多歲。蘇軾寫這首詞時，已經四十七歲了，不但功業未成，反而謫居黄州。此次游覽赤壁，壯麗江山、英雄業績，激起他豪邁奮發的感情，故謂“多情”。然而，仕途坎坷，年華虚度，壯懷難酬，自己又能怎樣呢？故説“多情應笑我”，即笑自己自作多情。“多情應笑我”爲倒裝句，實爲“應笑我多情”。

也有人認爲，“多情”是指周瑜的多情關懷，並非自己多情。因此，這一句應這樣理解：如果周瑜有靈，今天神游故地，必然關懷地笑我没有幹出什么事業，頭髮早已花白了。聊備一説。

“早生華髮”，即白髮早生，表面上是説年歲已大，實際上是感嘆光陰虚度。

人生如夢，一尊還酹江月

江山依舊，人事已非。人生不過像夢幻一樣，不如舉杯喝酒，並奉敬江上明月一杯吧！“酹”，以酒灑地，表示祭奠之意。“人生”，一作“人間”。

這里用“如夢”，正好回應開頭的“浪淘盡”。因爲風流人物不過是“浪淘盡”，人間也不過“如夢”。又何必不曠達，何必過分執著呢！這是歷史與現狀、理想與實際經過尖鋭的衝突之后在作者心理上的一種反映。這種感情跌宕，更使讀者感到真實，從某種意義上説，更能引起讀者的思考。

評解

本篇是蘇詞中具有豪雄氣格的代表作，是北宋詞壇上最引人注目的作品之一，被譽爲千古絶唱。詞的上闋主要寫赤壁雄奇壯麗的景色，空間時間背景都極爲廣闊，爲下闋懷古作好了準備。下闋從懷古歸結到傷今，緬懷歷史人物，抒發自己理想與現實的矛盾。

此詞一出，便以它遒勁的筆力、高唱入雲的聲韻，以及“一洗萬古凡馬空”的氣象，在盛行纏綿悱惻之風的北宋詞壇，引起强烈轟動。據宋人俞文豹《吹劍續録》：東坡在玉堂日，有幕士善歌，因問："我詞何如柳七（柳永）？"對曰："柳郎中詞，衹合十七八女郎，執紅牙板，歌'楊柳岸曉風殘月'；學士詞，須關西大漢，銅琵琶，鐵綽板，唱'大江東去'。"東坡爲之絶倒。

臨江仙

夜歸臨皋

夜飲東坡醒復醉，歸來彷彿三更。
家童鼻息已雷鳴。
敲門都不應，倚杖聽江聲。

長恨此身非我有，何時忘却營營？
夜闌風静縠紋平。
小舟從此逝，江海寄餘生。

題解

關于這首詞的寫作背景，王文誥《蘇詩總案》題作："壬戌九月，雪堂夜飲，醉歸臨皋作。"壬戌，也就是宋神宗元豐五年（1082），蘇軾謫居黄州的第三年。臨皋，即臨皋亭，位于黄州南江邊，蘇軾元豐三年由定惠院移居于此。雪堂，爲蘇軾在東坡所築。

臨江仙（夜飲東坡醒復醉） 詞意圖　馬振聲 繪

這首詞記叙深秋之夜蘇軾在雪堂開懷暢飲，醉後返歸臨臯的情景，表達了希望擺脱人世紛擾、隱逸江湖的心情。

【句解】

夜飲東坡醒復醉，歸來彷彿三更

這里的“東坡”是地名而非自指。蘇軾被貶爲黄州團練副使，名義上是地方軍事官員，實際上是以帶罪之身被看管。廪禄斷絶，生活陷入困境。友人馬夢得在城東門外爲他申請了一塊荒地，名曰“東坡”。蘇軾自號“東坡居士”，即源于此。他的著作也多用“東坡”爲名，如《東坡集》《東坡志林》等。

詞的開頭兩句是説，一天夜里，作者在東坡家飲酒，也不知飲了多少，反正是醉而復醒，醒了又飲；也不知飲到什么時候，回到家中時，好像已經是夜半三更了。

“醒復醉”一詞，很耐人尋味。有人以酒助興，有人藉酒澆愁。此時的蘇軾顯然屬于后者。一場政治迫害，使他幾乎喪命。貶謫黄州以后，“平生親友無一字見及，有書與之亦不答。”（《答李端叔書》）儘管他素以曠達作自我排解，但精神的折磨仍然讓他心力交瘁。正因爲如此，夜飲的結果纔不是“醉復醒”，而是“醒復醉”，彷彿是飲酒者有意爲之。由此可以想見那種非沉溺于酒中不可解脱的苦悶和抑鬱。接下來，“彷彿”二字形象地表現出作者醉意朦朧、恍惚迷離的情態。

家童鼻息已雷鳴。敲門都不應，倚杖聽江聲

回到家時，家童已鼾聲如雷。這樣的描叙，帶有慈祥長者對晚輩善意調侃的味道。雖然叫門不應，作者却坦然處之，漫步走向寓所附近的江邊。“倚杖聽江聲”，這五個極富表現力的字，勾勒出一個輪廓鮮明的人物剪影——蒼茫的夜空下，荒凉的大江邊，作者手拄拐杖，静静佇立，聆聽江水奔流的聲音。人與大自然彷彿已融爲一體。這一畫面意境深沉，有厚重的滄桑之感，同時又有超曠散淡之情。

這三句以静夜爲背景，從聽覺的感受來表現，寫了深夜里的三種聲音：鼻息聲、敲門聲和江聲。有意味的是，前兩種聲音本來更弱，却傳達出一種騷動；后一種聲音本來更强，却反倒讓人沉静。作者雖非有意作比，却讓人感覺到塵世的喧嘩、大自然對心靈的撫慰。而最后一句，還自然巧妙地引出作者下面的沉思。

長恨此身非我有，何時忘却營營

《莊子·知北游》中說："舜問乎丞曰：'道何得而有乎？'曰：'汝身非汝有也，汝何得有夫道？'舜曰：'吾身非吾有也，孰有之哉？'曰：'是天地之委形也。'"意思是說，人的身體和生命不屬于自己，是天地賦予的。蘇軾這里所說的"此身非我有"，化用《莊子》之言而另有他意，强調的是自己的身不由己。

"何時忘却營營"，化自《莊子·庚桑楚》："全汝形，抱汝生，無使汝思慮營營。"本是說，爲人當守本分，保其生機，不要因世事而思慮百端，隨其週旋忙碌。"營營"，紛亂貌，這里引申爲追求功名利禄。

這兩句是說，身在宦途，身不由己，一生顛沛漂泊，總是苦于無法掌握自己的命運，什么時候纔能够不再爲功名利禄而勞苦奔波呢？"長恨"，揭示出内心的厭倦和對自由生活的嚮往；"何時"，又表示其實還是很難真正忘却。這種矛盾正是作者内心苦悶的根由所在。蘇軾素有經世濟民之心，雖然政治上屢受打擊，但要一下子抛弃夙願，歸隱山林，對他來說，仍是一個非常艱難的抉擇。

這兩句既飽含哲理又一任情性，表達出一種尋求解脱而又難以超脱的人生困惑與感傷，具有發人深思的力量。不僅是蘇軾，生活在塵世之中、徘徊于理想與現實之間的人，誰没有這樣的感嘆呢？

夜闌風静縠紋平。小舟從此逝，江海寄餘生

心緒紛亂的作者，將目光投向江面，夜深風静，水波不興，如縐紗一樣平展。"闌"，盡，晚。"縠"，一種有皺紋的紗。"縠紋"，形容水中細小的波紋。風平浪静，没有喧囂與煩雜，象徵着作者追求的理想境界。因此，這一句不是純粹寫景，而是作者心與景會的結果。

接下來的"小舟"兩句，直抒胸懷，表達願望：希望自己能駕一葉扁舟，遠離塵世喧囂，在烟波江湖安閑地度過餘生。可以說，這既是作者對隱逸生活的感性嚮往，也是對孔子所說"道不行，乘桴浮于海"的人生選擇的理性認同。

評解

這首詞，寫景、抒情、議論，結合得非常好。作者將客觀物境與主觀心境融爲一體，寫出了謫居中的蘇軾的真性情，反映了他的生活理想和精神追求。元好問評論蘇軾詞説："唐歌詞多宫體，又皆極力爲之。自東坡一出，情性之外，不知有文字，真有'一洗萬古凡馬空'氣象。"元好問道出了蘇詞的總的特點：文如其人，個性鮮明。這也恰好指出了這首《臨江仙》的最成功之處。

關于這首詞，宋人筆記中記載了一段趣話。葉夢得《避暑録話》載："（蘇軾）與數客飲江上。夜歸，江面際天，風露浩然，有當其意，乃作歌辭，所謂'夜闌風静縠紋平，小舟從此逝，江海寄餘生'者，與客大歌數過而散。翼日喧傳子瞻夜作此詞，挂冠服江邊，拏舟長嘯去矣。郡守徐君猷聞之，驚且懼，以爲州失罪人，急命駕往謁，則子瞻鼻鼾如雷，猶未興也。"

這雖然衹是一種傳説，却從社會效果上説明了蘇軾此詞的藝術感染力。其實，對于蘇軾來説，廟堂之上或江海之中，並無本質差别，他要歸隱的是自己的内心世界，所謂"心安是歸處"。至于"小舟從此逝，江海寄餘生"，那衹是作者渴望獲得精神解脱的一種象徵而已。

鷓鴣天

林斷山明竹隱墻，亂蟬衰草小池塘。
翻空白鳥時時見，照水紅蕖細細香。

村捨外，古城旁，杖藜徐步轉斜陽。
殷勤昨夜三更雨，又得浮生一日凉。

題解

《鷓鴣天》，又名《思佳客》《思越人》《醉梅花》。雙調五十五字，上闋第三四句、下闋第一二句一般要求對仗。

這首《鷓鴣天》大約作于神宗元豐六年（1083）六月，蘇軾謫居黃州之時。詞意貌似閑適，實際是作者被迫過着失意幽居生活的自我寫照。

鷓鴣天（林斷山明竹隱墻） 詞意圖 杜滋齡 繪

【句解】

林斷山明竹隱墻，亂蟬衰草小池塘

這首詞的上篇是寫夏末秋初的山村景色。第一句寫遠景：在鬱鬱葱葱的樹林盡頭，夕陽照射的山脉明亮了起來；山下叢生的翠竹，彷彿是緑色的屏障，遮隱了人家的院墻。

樹林、青山、緑竹，都是静物，但在作者筆下却一點不顯得過于静寂，反而給人一種曲折變化、忽明忽暗的感覺，這得力于動詞的巧妙使用。寫樹林盡頭，不用“盡”，而用一個變化劇烈而且分量很重的詞“斷”。這既形象地寫出了山的突然出現以及與樹林色調的反差，又點出作者此時觀賞景色的情態。因爲漫不經心，任憑視綫漫游，所以纔會有這樣突兀的感覺。

“山明”，有人認爲是寫山清晰可見，這樣的解釋並不准確。南方的夏季，山和樹林應該都是葱籠繁茂的深緑，僅僅是清晰，不會有這樣分明的感覺。聯繫下篇，此時正是夕陽斜照的黄昏時分，因而纔會有豁然明亮的感覺。同時，“明”又與“竹隱墻”的“隱”相映襯，形成一種閃爍不定的光影交錯之感。景物並没有移動，是人的視綫和心理感受的變動賦予了它們動感。作者精心選擇的動詞非常生動地表現出了這一點。

接下來的一句寫近景：小池塘邊，樹上蟬聲四起，亂作一團；已經開始枯萎的衰草圍滿了池沿。有了蟬聲，景物一下子熱鬧起來，但作者用一個“亂”來形容，表明情緒多多少少有些不快，所以聽到蟬的聒噪不免有些心煩。池邊衰草是秋天來臨的徵兆。耳聞亂蟬鳴，目睹池草衰，想來，作者難免會有些煩亂和凄凉之感。

翻空白鳥時時見，照水紅蕖細細香

仍是寫景，這里描繪的景物與情緒同上面截然不同。在遼闊的天空下，不時看到白色的水鳥上下翻飛；碧緑的池水中，嬌艷的荷花散發出淡淡的清香。“紅蕖”，紅色的荷花。荷花又名芙蕖。

這兩句對仗十分工整，用語也别出心裁。説白鳥“翻空”，透出孩子般的頑皮；説荷花“照”水，儼然顧影自憐的女子形象。一動一静，相映成趣。“香”本來是看不見摸不着的，作者却用“細細”這個狀態詞來修飾，十分傳神地寫出了荷香清淡而又不絶如縷的特點。再從整個畫面看，藍天、白鳥、緑水、紅蕖，色彩明麗而協調。總之，這兩句有動有静，有香有色，不僅意境淡雅清新，而且透着活潑的生機。

從這樣精細的描繪可以想見，作者此時應該全神貫注于自然景物。開篇的漫不經心和煩亂悲凉之感已經没有了，取而代之的是對自然衷心的喜悦之情。蘇軾被謫后常藉寄情山水排遣内心的苦悶，這里亦可見一斑。

村捨外，古城旁，杖藜徐步轉斜陽

繼上篇寫景之后，下篇寫自己的行迹。陣雨過后，天氣清凉，作者手拄杖藜，緩步而行。斜陽相伴，他時而轉過村莊，時而停駐在古城旁。“轉斜陽”饒有情趣，是人跟着斜陽在轉悠，還是斜陽隨人移動？不管怎樣，夕陽帶有了人情味，彷彿與作者有某種默契一般。

表面上看，這幾句寫的是悠閑自在的鄉居生活，但這並不像“散發乘夕凉，開軒卧閑敞”那樣無挂無礙，而是表現在一種行動當中。行動總是會給人不安定的感覺。這就不能不令人想到，作者出村捨，繞古城，轉斜陽，或許是因爲心有所結，需要到户外去排遣吧。那緩慢的步態，大概正是内心沉重的表現。

殷勤昨夜三更雨，又得浮生一日凉

最后兩句，是畫龍點睛之筆。詞句的表面是説：天公倒還頗爲殷勤，昨夜三更時分下過一場雨，使得我又度過了一天凉爽日子。“殷勤”，猶言“多承”。細細品味，有作者的言外之意：有誰還想到我這貶謫之人呢？惟有天公還眷顧我。

《莊子·刻意》中有“其生若浮，其死若休”之句，原本是形容得道者虚無恬淡的狀態。后人則往往用“浮生”形容人生飄忽、年華流逝，而事無所成。作者在“浮生”前着“又得”一詞，既有對虚度時日的嘆惋，又包含着對自身處境的調侃：既然命運如此，那就得過且過吧；能多一天“好”日子，也未嘗不是件值得慶幸的事。這反映出作者當時真實的處境：抑鬱不得志，心有不甘，却又無可奈何。

評解

《鷓鴣天》詞牌從律詩中來，在體式上與七律仍很相近。作者表現自然景物之精妙，對仗之精工亦絲毫不亞于律詩，因此常被人們推爲蘇軾“以詩入詞”的代表作品之一。

但鄭文焯《手批東坡樂府》說："淵明詩'嘯傲東軒下，聊復得此生'。此詞從陶詩中得來，逾覺清异，較'浮生半日閑'句，自是詩詞异調。論者每謂坡公以詩筆入詞，豈審音知言者！"他不同意此詩是"以詩筆入詞"是有道理的。這首詞與詞性相通而與詩性相异之處在于：它對情感的表現方式含蓄委婉，不易覺察，需要用心去仔細體會。一般來說，詩的抒情達意是比較顯豁的，倘若以讀詩的方式讀這首詞，很可能就不太容易體味得出深藏在詞句深處的微妙意味。

滿庭芳

元豐七年四月一日，余將去黄移汝，留别雪堂鄰里二三君子。會李仲覽自江東來别，遂書以遺之。

歸去來兮，吾歸何處？
萬里家在岷峨。百年强半，來日苦無多。
坐見黄州再閏，兒童盡、楚語吴歌。
山中友，鷄豚社酒，相勸老東坡。

云何？當此去，人生底事，來往如梭。
待閑看，秋風洛水清波。
好在堂前細柳，應念我，莫剪柔柯。
仍傳語，江南父老，時與曬漁蓑。

題解

詞前小序已將寫作背景説得很明白，大意是説：元豐七年（1084）四月一日，作者將離開黄州，移居汝州（今河南臨汝），向東坡雪堂的兩三位鄰居告别。恰好李仲覽從江東來告别，于是寫了這首詞贈他。

滿庭芳（歸去來兮） 詞意圖　汪國新 繪

【句解】

歸去來兮，吾歸何處？萬里家在岷峨

歸去呵歸去，可我到哪里落脚？我的家遠在萬里，在那岷山和峨眉山所在的地方。“歸去來兮”，直接引自東晉陶淵明《歸去來辭》。陶寫弃官歸隱，蘇軾也希望像他那樣，但却不可能。因爲他此時仍是帶罪之身，不得自由。“萬里”一句不過是托辭。蘇軾這次由黄州改任汝州，罪名並未撤銷，官職也仍是一個“不得簽書公事”的州團練副使，政治處境没有任何實質上的改善。如果説陶淵明的“歸去來兮”是在擺脱塵網樊籠后的悠然吟唱，作者此刻衹能是悲嘆飄蕩無依，有家難歸。

百年强半，來日苦無多

人生百年已過了大半，我餘下的日子不多了。韓愈《除官赴闕至江州寄鄂岳李大夫》詩：“年皆過半百，來日苦無多。”此用其句。其時，蘇軾四十八歲。“强半”，過半，大半。一個“苦”字，流露出作者對生命空自流逝的惋惜之情，以及對眼下生命的珍惜。這一句加深了失意思鄉的感情氛圍，是作者經歷二十多年宦海生涯、嘗盡人生苦味之后的惋嘆。

坐見黄州再閏，兒童盡、楚語吴歌

我已在黄州經過了兩次閏年，孩子們早學會了當地方言和歌謡。作者于元豐三年（1080）二月到黄州，元豐七年四月離開，歷時四年多。其間過了兩個閏年，故説“黄州再閏”。前面着一“坐”字，表明光陰虚度。黄州在戰國時屬于楚國，三國時屬于吴國，故稱當地語言爲“楚語吴歌”。

山中友，鷄豚社酒，相勸老東坡

山中友人用猪肉、鷄、酒款待我，並勸我在黄州長住下來。“豚”，猪。“社酒”，春秋社日祭祀土神所用的酒。“老東坡”，終老于黄州東坡。作者將筆鋒一轉，拋開上文生命短促、人生無常的感嘆，轉而叙述起黄州山川人物。這幾句承上啓下，在技巧和章法上並無奇巧，却以真實感人的情緒和渾然天成的結構取勝，表現了作者與黄州父老之間純真質樸的情誼、依依惜别的情懷。

云何？當此去，人生底事，來往如梭

對這次離别，我能説些什么呢？人生一世，爲何要東奔西走，來往如梭？“云何？當此去”，正常語序爲：“當此去，云何？”“底事”，何事。“人生底事”二句是黄州父老的問話，也是蘇軾藉他們之口自抒感慨。以下都是作者的答詞。

對離開黄州一事，作者這里没有多説，但在《與王文甫書》中，説得很明白："前蒙恩量移汝州，比（近）欲乞依舊黄州住，細思罪大責輕，君恩至厚，不可不奔赴……本意終老江湖，與公扁舟往來，而事與心違，何勝慨嘆！計公聞之亦凄然也。"所謂"量移"，指的是被貶謫遠方的官吏，遇赦酌情移近安置，並非平反復官。

待閑看，秋風洛水清波

等到了汝州，我要悠閑自在地欣賞秋風中洛水清波蕩漾的景色。"洛水"，即洛河，源出陜西，經河南，流入黄河。汝州與洛河相去不遠。

作者瞻望未來，表現出隨緣自適的心理。一個"閑"字，將上闋哀思愁懷化開，全詞一直徘徊低沉的氣氛終于變得開朗起來。"秋風洛水"，化用賈島"秋風吹渭水，落葉滿長安"詩意，暗合作者漸趨明澈的心境。

好在堂前細柳，應念我，莫剪柔柯

這幾句是作者對黄州父老的囑托：雪堂前的柳樹枝細葉嫩，請爲我照管好，不要讓人剪伐。"柯"，枝條。因爲是朝廷命令，作者不得不去汝州，但他是很不情願的。這幾句是表示自己以后還要回來。

仍傳語，江南父老，時與曬漁蓑

並請轉告大江南岸的父老，經常爲我曬曬打魚時披戴的蓑衣。這些交待越是瑣細，便越發表現出作者對黄州的感情。尾句收束全篇，與上闋所叙與黄州父老的純真友情相呼應，于平直中見含蓄婉曲。"漁蓑"，在詩詞中往往指隱逸江湖，過一種平静自由的生活。作者並不明説自己留戀黄州，而不捨之情、欲歸之意已充溢于字里行間。

評解

在這首詞中，作者通過娓娓的叙事和抒情，抒發了人生失意、宦海浮沉的感慨，表達了對黄州的留戀之情。這首詞的語言十分質樸，感情却非常真摯。"將去"之嘆，寄慨遥深，怨而不怒。"山中友"挽留之語，實際也是蘇軾的自白。尤其是上下闋的后半，不但情致温厚，屬辭雅逸，而且意象鮮明，含蓄委婉，是構成這個抒情佳篇的兩個高潮。南宋周輝《清波雜志》論曰："居士詞豈無去國懷鄉之感，殊覺哀而不傷。"正宜于概括這首詞的情感特徵。

八聲甘州

寄參寥子

有情風萬里捲潮來，無情送潮歸。
問錢塘江上，西興浦口，幾度斜暉？
不用思量今古，俯仰昔人非。
誰似東坡老，白首忘機。

記取西湖西畔，正春山好處，空翠烟霏。
算詩人相得，如我與君稀。
約他年、東還海道，願謝公雅志莫相違。
西州路，不應回首，爲我沾衣。

題解

據胡仔《苕溪漁隱叢話·后集》記載：“其詞（即本篇）石刻后，東坡自題云‘元祐六年三月六日’。余以東坡年譜考之，元祐四年知杭州，六年召爲翰林學士承旨，則長短句蓋此時作也。”

元豐八年（1085），哲宗即位，年僅十歲，由太皇太后聽政。她起用舊黨

八聲甘州（有情風萬里卷潮來） 詞意圖 蕭惠珠 繪

之人，十分器重蘇軾，並多次提昇他。蘇軾堅持自己的政見，論事忠直，與舊黨亦不能盡合，加以當時朝廷之内更有洛黨、蜀黨、朔黨之争，蘇軾對此感到十分厭倦，多次上書請求外任。元祐四年（1089）三月，蘇軾得以就任杭州知州。兩年后，又被召還朝，時年五十五歲。這首詞就是當時所作，抒發了他歷經坎坷后了悟人生的深沉感慨。

詞題中提到的“參寥子”，即僧人道潜，以精深的道義和清新的文筆爲人推崇，是蘇軾平生交誼甚深的一位方外友人。

【句解】

有情風萬里捲潮來，無情送潮歸

有情的風不遠萬里，把海潮捲來；轉瞬之間，又無情地送潮而歸。這兩句表面上是説潮起潮落。初讀之下，氣象開闊，豪邁超拔；仔細吟味，却含有無限感慨蒼凉之意。作者明知風爲自然之物，潮起潮落，也不是風力所致，本無所謂“有情”“無情”，而將其擬人化。這是藉物言情，以抒己懷。既然剛來，爲什么馬上又歸？既然“有情”如此，爲什么又“無情”如斯？這里，隱寓着作者對人世間盛衰離合的感慨。他一生兩度出仕杭州的宦海波瀾，雖在言外，亦已在意中了。

這兩句雖然寫了“捲潮來”和“送潮歸”兩個方面，但却以“來”始，以“歸”終，以“有情”始，以“無情”終，歸根結底還是寫其“無情”。

問錢塘江上，西興浦口，幾度斜暉

這三句以“問”字領起。“西興”，在錢塘江南，今杭州市對岸，蕭山縣治之西。“幾度斜暉”，即多少次看到殘陽落照中的錢塘潮，有感嘆之意。“斜暉”，一則承“潮歸”，因落潮一般是在傍晚時分，二則古典詩歌中夕陽往往是與離情結合在一起的特殊意象。作者初任杭州通判，再出任知州，如今又復離去的滄桑往事，盡已納入其中。

不用思量今古，俯仰昔人非

潮來潮去，日昇日落，自然而然地帶出作者對人世滄桑的感慨：不要去想古往今來的事情，轉瞬之間，那些人事已成過眼雲烟。王羲之在《蘭亭集序》中云：“向之所欣，俯仰之間，已爲陳迹”，並發出“豈不痛哉”的嘆惜。這里，蘇軾對于古今變遷、人事代謝，一概置之度外，泰然處之。“俯仰”，一低頭一擡頭之間，形容時間短暫。

誰似東坡老，白首忘機

這兩句飛揚超越而出，自叙超曠情懷：誰像我東坡老翁，白髮蒼蒼，泯滅機心，恬淡無爲？《莊子·天地篇》云：“有機械者必有機事，有機事者必有機心。”“機心”，指機詐權變的心計。“忘機”，則指泯滅機心，無意功名利禄，達到淡泊寧静的心境。

記取西湖西畔，正春山好處，空翠烟霏

記得西湖西畔，春山景美：天晴時，山色翠碧，明媚空遠；陰雨時，烟雨霏霏，山色迷蒙。這三句是下半闕開頭，作者另换一種筆法，寫記憶中難忘的西湖美景。同時，包含有與好友參寥同游共處的種種往事。

“春山”，一些較早的版本作“暮山”。從詞境來看，以“春山”爲更佳。因前面寫錢塘江時已用“斜暉”，此處再用“暮山”，不免有犯重之嫌。何况“空翠烟霏”正是春山風光。

算詩人相得，如我與君稀

算來詩人情趣投合，如你我者太稀少了。蘇軾與參寥皆心境淡泊，能詩善文。蘇軾稱讚參寥：“詩句清絶，與林逋上下，而了通道義，令人見之蕭然。”（林逋是北宋初年著名的隱逸詩人。他喜愛種梅養鶴，人謂“梅妻鶴子”。其詩中最著名的兩句是：“疏影横斜水清淺，暗香浮動月黄昏。”）參寥詩“禪心已作沾泥絮，肯逐春風上下狂”，亦妙趣横生，傳誦一時。

更重要的是，參寥屢次在蘇軾政治失意時給他以慰藉與支持。早在蘇軾任徐州知州時，參寥就專程從餘杭前去拜訪。蘇軾被貶黄州時，他又不遠千里奔赴，相從數年。蘇軾守杭，爲參寥選擇了一處寺廟，二人時有訪談賞游。后來，當蘇軾貶謫嶺南惠州時，參寥還打算往訪。當時嫉蘇者甚至“摭其詩語，謂有刺譏諷”，勒令其還俗。

約他年、東還海道，願謝公雅志莫相違

“謝公”，指東晉人謝安。據《晉書·謝安傳》所載，謝安爲重臣，然而晚年東山歸隱之志始終不渝。他出鎮廣陵，病危還京，經過西州門時，曾喟嘆夙願未償。蘇軾用謝安故事，表示他今日雖被召還朝，但必不忘歸隱之志，今后亦將東還，與參寥相會。

西州路，不應回首，爲我沾衣

這里仍是用謝安典故。謝安有一位外甥，名羊曇，素爲謝安器重。謝安死后，羊曇悲傷不已，常常繞開西州之路。一次醉中無意走過西州門，僕人告訴他，他回首往事，痛哭而去。“西州”，古建業（今江蘇南京）城門名。晉宋間建業爲揚州刺史州治所，因爲治事在城西，故稱西州。這里作者是説自己要實現謝公退隱的願望，不要使參寥像羊曇那樣痛哭于西州。

參寥年紀小于蘇軾，和“蘇門四學士”之一的秦觀相契，作者以謝安的外甥羊曇比喻他是合適的。然而這種生死相交的情感，作者不托之旁人而付于方外之友，可見其處境的孤寂與内心之怫鬱，也進一步説明了二人的友情。

評解

這首詞以錢塘江潮喻人世的聚散離合，起勢不凡。中間幾度轉折，既有對古今人事的感喟，又有對知交離别的傷感，最后抒發超然物外、歸隱山水之志。反映的心境是複雜的：有人生不如意的悒鬱，有興會高昂的豪宕，更有了悟后的超逸曠遠。

此詞語言明净，音調鏗鏘響亮，讀來氣勢恢宏，蕩氣迴腸。鄭文焯《手批東坡樂府》評讚説：“突兀雪山，捲地而來，真似泉（錢）塘江上看潮時，添得此老心中十萬甲兵，是何氣象何雄且傑！妙在無一字豪宕，無一語險怪，又出以閑逸感喟之情，所謂骨重神寒，不食人間烟火氣者。詞境至此，觀止矣！”金人元好問在《遺山文集》中説：“自東坡一出，情性之外，不知有文字。”這首詞正合此論。

蝶戀花

花褪殘紅青杏小，燕子飛時，綠水人家繞。
枝上柳綿吹又少，天涯何處無芳草！

墻里鞦韆墻外道，墻外行人，墻里佳人笑。
笑漸不聞聲漸悄，多情却被無情惱。

題解

蝶戀花，又名《鵲踏枝》《鳳栖梧》。原爲唐教坊曲，調名取義梁簡文帝“翻階蛺蝶戀花情”句。雙調，六十字。

這首《蝶戀花》作于何時已不可考。祇知蘇軾晚年貶官惠州期間，曾叫隨行的侍妾朝雲歌唱。這首詞在感嘆春光易逝、佳人難得中，表現出作者寂寞失意的惆悵。

蝶戀花（花褪殘紅青杏小） 詞意圖 汪國新 繪

【句解】

花褪殘紅青杏小，燕子飛時，緑水人家繞

詞一開篇即呈現出暮春景色。作者的視綫是從一棵杏樹開始的：花兒已經凋謝，所餘不多的紅色也正在一點一點褪去，樹枝上開始結出了幼小的青杏。“殘紅”，是説紅花已所剩無幾。着一“褪”字就深了一層，不但花少，且已褪色，感傷之情更濃。

睹暮春景色，抒傷春之情，是古詩詞中常有之意。不過一般人寫傷春意緒，總會把那種凄迷寥落之感表達到極致。蘇軾則更多了一些曠達。有繁華就有衰落，有凋謝就有新生。他特别注意到初生的“青杏”，語氣中透出憐惜和喜愛，有意識地冲淡了先前濃鬱的傷感之情。

接着，作者將目光從一花一枝上移開，轉向不遠處更加開闊的地方。衹見燕子掠着水面低飛，緑水環繞着人家的墻院。寥寥幾筆，便勾畫出春意未盡的鄉村圖景。飛動的燕子爲畫面增添了動態之美；“緑水人家”則帶來了生活的氣息，並爲后文“墻里佳人”的出現作好了鋪墊。

“緑水人家繞”中的“繞”字，有人以爲應是“曉”。通讀全詞，並没有突出的景物表明這是清晨的景色，因而顯得没有着落。而燕子繞捨而飛，緑水繞捨而流，行人繞舍而走，着一“繞”字，則非常真切。

枝上柳綿吹又少，天涯何處無芳草

這是詞中最爲人稱道的兩句。枝頭上的柳絮隨風遠去，愈來愈少；普天之下，哪里没有青青芳草呢。“柳綿”，即柳絮。柳絮紛飛，春色將盡，固然讓人傷感；而芳草青緑，又自是一番境界。蘇軾的曠達于此可見。“天涯”一句，語本屈原《離騷》“何所獨無芳草兮，爾何懷乎故宇”，是卜者靈氛勸屈原的話，其思想與蘇軾在《定風波》中所説的“此心安處是吾鄉”一致。

即便如此，這兩句還是藴含着許多的辛酸和悲哀。據《林下詞談》記載：“子瞻在惠州，與朝雲閑坐。時青女（霜神）初至，落木蕭蕭，凄然有悲秋之意，命朝雲把大白，唱‘花褪殘紅’。朝雲歌喉將囀，淚滿衣襟。子瞻詰其故，答曰：‘奴所不能歌，是枝上柳綿吹又少，天涯何處無芳草也。’”聯繫當時蘇軾的遭遇，是頗耐人思索的。蘇軾一生漂泊，最后竟被遠謫到萬里之遥的嶺南。此時，他已人到晚年，遥望故鄉，幾近天涯。這境遇和隨風飄飛的柳絮何其相似！

墻里鞦韆墻外道，墻外行人，墻里佳人笑

墻里有人蕩鞦韆，墻外有條小道。墻外小道上走着行人，墻里飄來佳人清脆的歡笑。

作者在藝術處理上十分講究藏與露的關係。這里，他祇寫露出墻頭的鞦韆和佳人的笑聲，其它則全部隱藏起來，讓“行人”與讀者去想象，在想象中產生無窮意味。

小詞最忌詞語重複，但這三句總共十六字，“墻里”“墻外”分别重複，竟占去一半。而讀來錯落有致，耐人尋味。墻内是家，墻外是路；墻内有歡快的生活，年輕而富有朝氣的生命；墻外是趕路的行人。行人的心情和神態如何，作者留下了空白。不過，在這無語之中，我們已感受到一種冷落寂寞。

笑漸不聞聲漸悄，多情却被無情惱

也許是行人佇立良久，墻内佳人已經回到房間；也許是佳人玩樂依舊，而行人已漸漸走遠。總之，佳人的笑聲漸漸聽不到了，四週顯得静悄悄。但是行人的心却怎么也平静不下來。這里的“多情”與“無情”常被當愛情來解釋，認爲是行人心存愛慕之情，而佳人却根本不知。行人的“有情”遭遇佳人的“無情”，心中無可奈何，故十分煩惱。這儼然是一個單相思式的喜劇。

倘若這是作者目睹他人的遭遇，或許可以説是藉愛情來寫人生普遍存在的這樣一種矛盾。但詞中“行人”更接近作者自己的寫照，其中“情”的内涵也是極其豐富的，絶不僅限于愛情。作者飽經滄桑，有惜春遲暮之情，有感懷身世之情，有思鄉之情，有對年輕生命的嚮往之情，有報國之情，等等，的確可謂是“有情”之人；而佳人年輕單純、無憂無慮，既没有傷春感時，也没有爲人生際遇而煩惱，真可以説是“無情”。

作者發出如此深長的感慨，那“無情”之人究竟撩撥起他什么樣的思緒呢？也許勾起他對美好年華的嚮往，也許是對君臣關係的類比和聯想，也許倍增華年不再的感慨，也許是對人生哲理的一種思索和領悟……作者並未言明，却留下了豐富的空白，讓讀者去回味，去想象。

評解

這首詞將傷春之情表達得既深情纏綿又空靈藴藉，情景交融，哀婉動人。清人王士禛《花草蒙拾》稱讚道：“‘枝上柳綿’，恐屯田（柳永）緣情綺靡未必能過。孰謂坡但解作‘大江東去’耶？”這個評價是中肯的。蘇軾除寫豪放風格的詞以外，還寫了大量的婉約詞。他的婉約詞同樣有勁氣流動，不同于花間詞的軟弱。

詞中包蘊的意趣亦爲詞家推重。《古今詞話》説此詞寫行人多情與佳人無情，“極有理趣”。所謂“物自無情而人自多情”，這是人生中非常普遍的現象。還有人評價它富有“禪趣”。那阻隔有情與無情溝通的，不僅僅是绿水環繞的圍墻，而更是人們的“心墻”。

作者一生雖歷經坎坷，仍“多情”地追求理想，執著人生，可是却被“無情”所惱。這正説明他對待生活的態度——不忘情于現實世界。他在這首詞中所流露出的傷感，正是基于對現實人生的熱愛。

阮郎歸

初夏

绿槐高柳咽新蟬，薰風初入弦。
碧紗窗下水沉烟，棋聲驚晝眠。

微雨過，小荷翻，榴花開欲燃。
玉盆纖手弄清泉，瓊珠碎却圓。

題解

這首詞描寫的是一位少女的閨閣生活。天真的少女、初夏時節富有生氣的景物，構成一種和諧靈動的情調，使這首詞充滿美好的青春氣息，淡雅清新而又富于生活情趣。

阮郎歸（緑槐高柳咽新蟬） 詞意圖　甘雨辰 繪

【句解】

绿槐高柳咽新蟬，薰風初入弦

詞一開頭就描繪出初夏景色。室外，緑意濃濃的槐樹、高大的柳樹，擁出一片陰涼；隱在樹葉間的新蟬，鳴聲暫停，讓人感到格外的静謐。室内，微風吹來，彷彿撥動着琴弦。這一切是多么的恬適！“咽”，阻塞，這里意思是停止。“薰風”，即和暖的南風。“入弦”，拂動琴弦。

作者抓住富有特徵的景物，分別訴諸視覺、聽覺和觸覺，使初夏的到來鮮明而真切。

碧紗窗下水沉烟，棋聲驚晝眠

“水沉”，即沉香，又叫“沉水香”。這一句是説，碧紗窗下，香爐中昇騰着沉香的裊裊輕烟。女主人公正在午睡，不知什么時候，她被棋子落盤的聲音驚醒。棋聲本小，但能“驚晝眠”，無非是突出夏日午后的静謐。這兩句中，燃香、下棋、晝眠，分別烘托出清静、閑逸、安適的氣氛。

微雨過，小荷翻，榴花開欲燃

女主人公午睡乍醒后，走到窗前，看到了另一番園池夏景。池中，小荷已經長成，看上去盈盈嬌嫩；衹是不久前下過一場小雨，微風把荷葉翻轉。庭院里，石榴花開得茂盛，它的顔色本就鮮紅，此時經過雨水一洗，更是紅得像火焰。

下闋，作者從以景物爲主、人物爲輔轉而以女主人公爲中心，寫她盡情地領略和享受初夏時節的美景。作者將自己隱藏在紙外，完全通過少女的眼睛去看世界。她所看到的荷葉正俏皮地翻轉着，或許因爲這位少女的性格中本有頑皮樂觀的因素；而火紅的石榴花，或許正象徵着她年輕的生命力！

玉盆纖手弄清泉，瓊珠碎却圓

這美景，這生機，大概使少女陶醉了。她端起漂亮的玉盆，走到清泉池邊，玩起水來。水花散濺開去，就像珍珠那樣圓潤晶亮！這一細節描寫表現出女主人公天真、頑皮、無憂無慮的青春特徵。一説“玉盆”指荷葉，“瓊珠”則指荷葉上的水珠。

評解

與很多寫女性的閨情詞不同，作者没有寫相思、孤悶、慵倦等愁情，而是傳達出一種單純的、健康的愉悦之情，青春的張力透紙而出。俞陛雲《唐五代兩宋詞選釋》評論説："寫閨情而不着妍辭，不作情語，自有一種閑雅之趣。"

全詞將景物描寫和人物描寫結合運用，景中含情。作者采用反面落筆的手法，上闋寫静美，而從聽覺入手，以聲響狀環境之寂。下闋寫動美，却從視覺落筆，用一幅幅無聲的畫面來展示自然的生機以及女主人公的青春活力。沈雄《古今詞話》評論説："觀者嘆服其八句狀八景。音律一同，殊不散亂。"作者跳躍性地鋪叙景物，將衆多的景物以情繫之，故散而不亂，渾然一體，收到了很好的藝術效果。

和子由澠池懷舊

人生到處知何似？應似飛鴻踏雪泥。
泥上偶然留指爪，鴻飛那復計東西。
老僧已死成新塔，壞壁無由見舊題。
往日崎嶇還記否，路長人困蹇驢嘶。

題解

嘉祐元年（1056），蘇軾、蘇轍兄弟進京赴考，路過澠池（今河南澠池縣西）時，曾在縣中寺廟内藉宿，並在室内壁上題詩。嘉祐六年（1061），蘇軾被派到鳳翔府（今陝西鳳翔）任職。十一月，兄弟二人在鄭州分手。蘇轍作《懷澠池寄子瞻兄》一詩。當蘇軾路過澠池舊地重游時，當年寺中的奉閑和尚已經去世，壁上的題詩也蕩然無存。蘇軾寫下此詩，作爲蘇轍一詩的應和。詩題中的“和”，即唱和，作答。“子由”，蘇轍的字。

和子由澠池懷舊 詩意圖　張鴻飛 繪

【句解】

人生到處知何似？應似飛鴻踏雪泥

人生在世，漂泊不定，像是什么樣子呢？就像是飛來飛去的鴻雁一般，偶然在雪地上停留片刻。詩一開始就發出感喟，有發人深思、引人入勝的作用，並挑起下聯的議論。

泥上偶然留指爪，鴻飛那復計東西

當飛鴻遠去之后，除了在雪泥上偶然留下幾處爪痕之外，又有誰會管它是要向東還是往西呢。

作者結合生活中的情景發出對人生的見解。用雪泥、鴻爪作喻，較之一般叙事文字直叙人生飄泊不定、匆匆無常要形象、蘊藉得多。根據清人查慎行《蘇詩補註》記載，這個比喻是化用《景德傳燈録》中天衣義懷禪師的話："雁過長空，影沉寒水，雁無遺迹之意，水無留影之心。"蘇軾的比喻非常生動、深刻，在宋代即被人稱道，並被作爲詩人"長于譬喻"的例證之一。"雪泥鴻爪"這個成語也就一直流傳至今。

前四句不但理趣十足，從寫作手法上來看，也頗有特色。紀昀評道："前四句單行入律，唐人舊格；而意境恣逸，則東坡之本色。"

老僧已死成新塔，壞壁無由見舊題

當年相交的老僧奉閑如今已經故去，祇空餘墓塔一座；廟里的墻壁也殘破不堪，已經看不見我們曾經題寫的詩句了。"老僧"，指奉閑。僧人死后不用墓葬，一般是火化后造一小塔以藏其骨灰，故謂"成新塔"。

作者如揭謎題，點明了首聯"雪泥鴻爪"感嘆的由來，透出無可奈何的惆悵。自從上次赴考經過，如今纔過六載，已經人事俱非。人生真是太短促、太無常了。這不正像飛鴻踏過雪泥，偶然地留下一些爪痕，很快便消逝無踪么？

這一聯通寫詩人具體的所見與回憶，按普通的七律章法，應當先寫所見，然后回憶，然后纔進行議論，但詩人没有這樣佈局，而是幾乎顛倒了過來。開始就筆鋒突起、重筆慨嘆，而將所見、所憶放在后半部分，以具體事加重了全詩的黯然感。然而同時可供讀者思考的餘地也相對變窄了。

往日崎嶇還記否，路長人困蹇驢嘶

還記得當年，你我相伴進京趕考，道路是那樣的崎嶇。馬死了，路途是那么遥遠，人又那么疲倦。我們衹得騎着瘦弱的小毛驢，它也纍得叫個不停。這兩句作者自註云：“往歲馬死于二陵，騎驢至澠池。”“二陵”，指崤山，在澠池縣西。“蹇驢”，跛足驢。這里不一定實指，它與病驢、疲驢同義。

尾聯是針對蘇轍原詩“遥想獨游佳味少，無言騅馬但鳴嘶”而引發的往事追溯。雖然逝者如斯，但畢竟是人生的一種歷練，有很多東西值得回味，于人的精神也是一種激勵。縱使路途艱難，到底一步步走過來了，而且也總是要向前邁進的。在這首早期作品中，詩人内心强大、達觀的人生底藴已經得到了展示。

評解

這首詩是藉懷舊之題，抒發作者的人生感慨。作者善于把自己的身世際遇、悲愁感興，巧妙地結合到詩歌的形象中去，從而揭示出某種哲理，給人啓迪。雖然詩中關于人生渺小、短促之類的感慨，有消極意味，但被作者在作品中流露出的眷念人生的深情冲淡了，體現出作者獨特的性格、情趣及精神面貌。

這首詩在語言運用上講究含蓄、藴藉。雖然是以議論入詩，但是詩人拋却抽象的概念，藉用鮮明生動的形象，以其所長的比喻闡發人生哲理。言近旨遠，耐人尋味。

飲湖上初晴后雨

水光瀲灧晴方好，山色空濛雨亦奇。
欲把西湖比西子，淡妝濃抹總相宜。

題解

蘇軾曾兩次在杭州做官。第一次是宋神宗熙寧四年（1071），任杭州通判。第二次是元祐四年（1089），任知州。杭州美麗的湖光山色冲淡了蘇軾内心的煩惱和抑鬱，也喚醒了他内心深處對大自然的熱愛。初到杭州，他便情不自禁地賦詩道：“未成小隱聊中隱，可得長閑勝暫閑。我本無家更安往，故鄉無此好湖山。”這“湖山”，應該首推江南韻味最濃、人文氣質尤勝的西湖吧。

飲湖上初晴后雨 詩意圖　杜滋齡 繪

西湖的勝景美名，與蘇軾分不開。任知州期間，爲解决西湖淤塞的問題，他主持了疏浚整治工程，以淤泥水草築堤，堤旁遍種花木；一到春季，桃紅柳緑，鶯飛草長，曉霧景韻尤其動人。這條堤后來就被稱爲蘇堤，又叫蘇公堤。“蘇堤春曉”亦被譽爲西湖十景之首。

蘇軾寫下了許多有關杭州和西湖的詩篇，這首《飲湖上初晴后雨》作于宋神宗熙寧六年（1073）。

【句解】

水光瀲灧晴方好，山色空濛雨亦奇

從詩題可知，詩人在西湖飲酒游賞，開始時陽光明麗，后來下起了雨。兩種不同的景致，讓他都很欣賞。他説：天晴之時，西湖碧水蕩漾，波光粼粼，風景正好；下雨時，西湖週圍的青山，迷蒙蒼茫，若有若無，又顯出另一番奇妙景致。“瀲灧”，波光閃動。“空濛”，烟雨迷茫。這兩個詞都是疊韻詞，增强了詩歌語言的音樂性。

這里，詩人既寫了湖光，又寫了山色；既有晴和之景，又有雨天之韻，可以説内容是很多的。但從另一個角度看，又很籠統，因爲這兩句並非衹適用于西湖。其實，這正是詩人筆法高妙之處。西湖很美，但究竟美在哪里，怎樣美法，恐怕没人説得清。如果具體地描繪景物，可能會有個别精彩之句，但總失之太實、太具體，不能傳達出西湖給人的整體印象。蘇軾這兩句有高度的藝術概括性，同時又很形象、很傳神，想象空間很大，將“西湖即是美”這一人們共有的感受用詩的語言表述出來。同時，這兩句也反映出詩人開闊的胸襟與達觀自適的性情。

欲把西湖比西子，淡妝濃抹總相宜

“西子”即西施，春秋時越國有名的美女。無論是淡雅妝飾，還是盛裝打扮，西施都一樣美麗動人；如果把西湖比作西施的話，那么不管是晴是雨，是冬是春，它都同樣美不勝收。

以絶色美人喻西湖，不僅賦予西湖之美以生命，而且新奇别致，情味隽永。人人皆知西施是個美女，但究竟是怎樣的美麗，却衹存在于個人心中。而西湖的美景不也是如此嗎？采用這樣的手法，比起直接去描寫，不知要節約多少筆墨，而它的寓意却豐富深刻得多。它對讀者不衹訴之于感受，同時也訴之于思考，讓讀者通過自己的想象去發揮詩的內涵。這一出色的比喻，被宋人稱爲“道盡西湖好處”的佳句，以致“西子湖”成了西湖的別名。也難怪后來的詩人爲之擱筆：“除却淡妝濃抹句，更將何語比西湖？”（宋人武衍《正月二日泛舟湖上》）

評解

這首詩概括性很强，它不是描寫西湖的一處之景、一時之景，而是對西湖美景的全面感受。這首詩的流傳，也使西湖的景色增添了光彩。

蘇軾是林語堂非常喜歡的一位詩人。關于這首詩，林在《蘇東坡傳》中說：“西湖的詩情畫意，非蘇東坡的詩思不足以極其妙；蘇東坡的詩思，非遇西湖的詩情畫意不足盡其纔……詩人能在寥寥四行詩句中表現此地精粹、氣象、美麗，也頗不簡單……公認爲表現西湖最好的詩，就是蘇東坡寫西湖的這一首。”

題西林壁

橫看成嶺側成峰，
遠近高低各不同。
不識廬山真面目，
祇緣身在此山中。

題解

西林，即西林寺，在江西廬山上。《題西林壁》就是題寫在西林寺墻壁上的詩。

元豐七年（1084）五月，蘇軾由黃州改遷汝州團練副使，特地取道游廬山。剛入廬山的時候，曾寫過一首五言小詩：“青山若無素，偃蹇不相親。要識廬山面，他年是故人。”他很風趣地說，第一次見到廬山，好像遇到一位高傲的陌生人；要想和他混熟，今后就得常來常往。他“往來山南北十餘日”，最后寫出這篇歌詠廬山的名篇。

題西林壁 詩意圖　杜滋齡 繪

【句解】

橫看成嶺側成峰，遠近高低各不同

廬山是座丘壑縱橫、峰巒起伏的大山，游人所處位置不同，看到的風景也就各不一樣。這兩句概括而形象地寫出了步移景异、姿態萬千的廬山景色。意思是，橫望廬山，山嶺逶迤，連綿不絶；側看廬山，奇峰突起，峻峭挺拔。無論是遠處觀望，近處細看，還是高處俯視，低處仰觀，所見景象全然不同。

不識廬山真面目，衹緣身在此山中

蘇軾並没有像其他詩人那樣僅僅止于驚嘆和迷惘，而是進一步地思索：我之所以看不清廬山的真實面目，是因爲身在山中，所見衹是一峰一嶺一丘一壑等局部景致而已，而未能超然廬山之外統觀全貌。

這兩句是寫游山的體會，即景説理，有着豐富的内涵：由于人們所處的位置不同，看問題的出發點不同，對客觀事物的認識難免有一定的片面性；要認識事物的真相與全貌，必須超越狹小的范圍，擺脱主觀成見。結尾二句，奇思妙發，整個意境渾然托出，爲讀者提供了一個回味經驗、發人深思的空間。

評解

清趙翼評《題西林壁》時説："廬山名作如林，若再實做，斷難出色。坡公想落天外，巧于以偏師取勝。"蘇軾的這首詩妙在不在寫景上與前人一分高下，而是以意理勝出，道前人所未道之理，給人以耳目一新的感覺。

這首詩寓意十分深刻，但詩人不是抽象地發議論，而是深入淺出，生動有趣。這正是蘇詩的一種特色。蘇軾寫詩，全無雕琢習氣。詩人所追求的是用一種質樸無華、曉暢流利的語言表現一種清新的、前人未曾道的意境；而這意境又不時閃爍着哲理之光。從這首詩來看，語言的表述是簡明的，其内涵却是豐富的。詩人概括地描繪了廬山的形象特徵，緊緊扣住游山談出自己獨特的感受，指出看山不得要領的道理。鮮明的感性與明晰的理性交織一起，互爲因果，故而親切自然，耐人尋味。

惠崇春江晚景

竹外桃花三兩枝，春江水暖鴨先知。

蔞蒿滿地蘆芽短，正是河豚欲上時。

題解

這是一首題畫詩，是蘇軾元豐八年（1085）于汴京所作。原詩共兩首，這里選的是第一首。惠崇是宋朝著名的畫家、僧人，即歐陽修所謂“九僧”之一。他能詩善畫，特别是畫鵝、雁、鷺鷥、小景尤爲拿手。《春江晚景》是他的名作。蘇軾根據畫意，妙筆生花，寥寥幾筆，就勾勒出一幅生機勃勃的早春二月景象。

惠崇春江晚景 詩意圖　甘雨辰 繪

【句解】

竹外桃花三兩枝

這是一派和煦的風光：隔着疏落的翠竹望去，幾枝桃花摇曳生姿。桃竹相襯，紅緑掩映，春意格外惹人。這雖然衹是簡單一句，却透出很多信息。首先，它顯示出竹林的稀疏，要是細密，就無法見到桃花了。其次，它表明季節，點出了一個“早”字。春寒剛過，還不是桃花怒放之時，但春天的無限生機和潛力，已經透露出來。

春江水暖鴨先知

一江春水中，鴨兒在嬉戲；江水回暖的信息，它們首先感知到了。

鴨知水暖，光憑畫是體現不出來的，詩却表達出來了。其實豈是鴨子先知水暖？一切水族之物，皆知冷暖。詩人這樣寫是爲切合畫上風物，實際上也是表達他對春天到來的喜悦和禮贊。唐人有“花間覓路鳥先知”的詩句，與此句异曲同工。這句詩極富哲理，現在我們指某一新的情況或消息被人預先知道時，便往往引用這一句。

蔞蒿滿地蘆芽短

萬物逢春氣象新。江邊，生長茂盛的蔞蒿鋪滿了地面，蘆葦也抽出了短短的嫩芽來。“蔞蒿”，一種野菜，春天生長。這七字不是泛泛地吟詠景物，而是詩人通過細緻的觀察貼切地實寫出這兩種植物的情態，没有一字是閑筆。清人王士禛在《漁洋詩話》中讚賞這句詩説：“坡詩……非但風韻之妙，亦如梅聖俞之‘春洲生荻芽，春岸飛楊花’，無一字泛設也。”

正是河豚欲上時

“河豚”，魚名，味美而有毒。春江水發，河豚即溯流而上，量多而且最爲肥美。宋詩人梅堯臣描寫這種景象云：“河豚當是時，貴不數魚蝦。”詩的前三句是描寫惠崇畫里的景物，這最后一句則是即景生情的聯想。作者這樣寫就把整個畫面勾勒得更爲完美了，給人以嚴冬已盡、春到人間的喜悦。作者不僅入乎畫内，而且出乎畫外，把畫上所無而情理中所有的事物呈現出來。如果詩的全部四句均是景物白描，則形式上未免有些呆板。最后一句的處理，不但使全詩靈動鮮活，也使詩和畫的意境都被大大地豐富了。

評解

惠崇原畫已佚，這首詩有的版本題作《春江曉景》，現已無從考證。

畫以鮮明的形象，使人有具體的視覺感受，但它衹能表現一個特定的畫面，有一定的局限性。而一首好詩，雖無可視的圖像，却能用形象的語言，吸引讀者進入一個通過詩人獨特構思而形成的美的意境，以彌補某些畫面所不能表現的東西。

這首題畫詩既保留了畫面的形象美，也發揮了詩的長處。詩人用他饒有風味、虛實相間的筆墨，將原畫所描繪的春色展現得那樣令人神往。在根據畫面進行描寫的同時，蘇軾又有新的構思，從而使得畫中的優美形象更富有詩的感情和引人入勝的意境。

六月二十日夜渡海

参横斗轉欲三更，苦雨終風也解晴。
雲散月明誰點綴，天容海色本澄清。
空餘魯叟乘桴意，粗識軒轅奏樂聲。
九死南荒吾不恨，玆游奇絶冠平生。

題解

蘇軾晚年受政敵的迫害，被貶至海南儋州。元符三年（1100）遇赦召還。詩人北歸途經瓊州海峽時，連日的風雨突然停止，雲散月明，一派藍天碧海景象。詩人有感而發，寫下了這首詩。他將自己被貶謫海南視爲一次“奇絶”的經歷，通過比擬，形象描繪了當時的政治形勢，寄寓了詩人堅持操守、不隨波逐流的人生態度，以及豁達樂觀的情懷。

六月二十日夜渡海 詩意圖　廖鬆崗 繪

【句解】

参横斗轉欲三更，苦雨終風也解晴

參星横斜在天空上，北斗星已轉移得很低，夜已接近三更。連綿的陰雨、成天颳個不停的大風現在已經停止，天空終于放了晴。

“參”“斗”，星名，都屬二十八宿之一。“終風”，《毛詩傳》謂“終日風爲終風”。詩人回想着剛剛結束的久風霪雨的惡劣天氣，難免聯想起自己晚年的政治遭遇。他屢次被貶，而且越貶越遠，最后到了海南。這幾乎是當時中國最南、最偏遠的蠻荒之地了，詩人的遭遇真可謂“苦雨終風”。好在現在終于有了轉機。因此，首句既是寫詩人在船上所見，同時包含着三更過后迎來黎明的意思。“也解”兩字，表達了久雨遇晴的喜悦心情，也暗示自己所遭遇的政治陰霾即將過去。

雲散月明誰點綴？天容海色本澄清

夜空下雲翳散盡，一輪明月又有什么在點綴呢？這青天和碧海本來就是澂清明净的啊。這兩句寫風雨過后的夜景，而寄托深遠。《世説新語·言語篇》：“司馬太傅齋中夜坐，于時天月明净，都無纖翳，太傅嘆爲佳。謝景重在坐，答曰：‘意謂乃不如微雲點綴。’太傅因戲謝曰：‘卿居心不静，乃復强欲滓穢太清邪？’”作者暗用其意，表明自己的心性如同皓月般皎潔，如同青天碧海般明澈；而政敵的誣陷攻擊則如同蔽月的浮雲、連綿的風雨，早晚終會消散。

前面這四句詩，在叙述中夾雜比喻，寫得委婉自然，富有感染力。作者高明的地方，是善于運用形象而准確的語言來捕捉眼前的景物，展示自己的内心世界，使得意與象合，情與景合。正如紀昀所評：“前半純是比體，如此措辭，自無痕迹。”

空餘魯叟乘桴意，粗識軒轅奏樂聲

“魯叟”，指孔子，因爲他是春秋魯國人。陶淵明在飲酒詩中稱他爲“汲汲魯中叟”。“桴”，竹或木做成的筏子。《論語·公冶長》記載，孔子失意時曾説：“道不行，乘桴浮于海。” 意思是，政治主張行不通就算了，可以乘坐木筏漂到海上去。蘇軾表達了同孔子一樣的意願，同時表明自己遭際坎坷，雖然渡海居瓊，這個願望却和孔子一樣未能實現。“軒轅”，指黄帝。《莊子·天運》中記載，黄帝曾在洞庭湖邊上演奏《咸池》樂曲，並藉着音樂説了一番道理。詩人在這里用來形容海濤的聲音，並隱含自己所領悟到的忘得失、齊榮辱的哲理。

詩人欣然感悟到了深邃的人生哲理，在屢經政治風浪、世態炎凉之后，對于自己的感悟，却衹稱“粗識”，我們可窺見他那平和澂澈、寵辱不驚的心態。

九死南荒吾不恨，兹游奇絶冠平生

我在這僻遠的南荒之地歷盡磨難，縱使九死一生，也無所悔恨，因爲這次南游實在是平生最奇妙的經歷啊。

“南荒”，指當時尚未開化的海南。“兹游”，即這次游歷。實際上，對貶謫海南這件事，詩人當初是曾經“有恨”的。他在《儋耳》詩中説：“殘年飽飯東坡老，一壑能專萬事灰。”剛到海南的時候，一想到今生將要老死這里，詩人就萬念俱灰。后來，在領略到海南的自然美景、淳樸風情后，在對人生有了更多的體驗之后，他開始以一種欣賞的眼光和順其自然的心態對待這一切。這在《食荔枝》《縱筆》《山村》等詩中均可見。他甚至有些幽默地説：“餘生欲老海南村！”等到這次渡海北歸，詩人更是表現出超脱之情。

在他接下來經過江西鬱孤臺的時候，他又一次寫道：“吾生如寄耳，嶺海亦閑游。”（《鬱孤臺》）不幸的放逐在詩人看來衹是一次“閑游”，其豁達樂觀、百折不撓的精神確實超出常人。難怪這首詩傳到内地，有人責怪蘇軾這兩句詩是“無省愆之意”，若被朝廷知道就不會被召回了。

評解

這首詩是蘇軾最後留下的作品之一。作者藉由一次夜渡大海的經歷，展現出老而彌堅的性格和曠達的襟懷。全詩前半鋪叙景色，融情入景，藉景寫情；後半議古論今，含而不露，寄意遥深。首頷兩聯句句雙關，將自己在政治鬭争中始終清白自持、最後終于履險如夷的經歷同自然界的氣候變幻結合無痕。頸聯則宕開筆墨，直抒胸臆，坦陳自己在政治風雲中忘得失、齊榮辱的情懷。最後一聯更是他屢經風波、年紀雖老而骨氣不衰的倔傲性格的寫照。

這首詩藴含着强烈的感人力量。豁達樂觀、百折不撓、幽默詼諧，是蘇軾性格中最吸引人的地方。蘇轍曾稱他晚年所寫的詩是：“精深華妙，不見老人衰憊之氣。”的確如此。蘇軾的作品總能陶冶一代又一代讀者的情操，激勵他們的意志，唤起他們對美好人生的嚮往和追求。